四部要籍選刊·集部

文選

一

浙江大學出版社

傳古樓據上海圖書館藏
清嘉慶十四年胡克家刻
本影印原書框高二〇八
毫米寬一三四毫米

出版說明

嶽麓書院　蔣鵬翔

《文選》六十卷，梁蕭統編，唐李善注，據清嘉慶十四年胡克家刻本影印。

蕭統字德施，梁高祖長子，生於齊中興元年（五〇一）九月，梁天監元年（五〇二）十一月立爲皇太子，中大通三年（五三一）四月卒，年僅三十一歲，謚曰昭明，故世稱昭明太子。他天資卓異，『生而聰叡，三歲受《孝經》《論語》，五歲遍讀五經，悉能諷誦』，『讀書數行並下，過目皆憶。每遊宴祖道，賦詩至十數韻，或命作劇韻賦之，皆屬思便成，無所點易』〔二〕。其居處藏書極富〔三〕，與遊者皆飽學之士〔三〕，對於有志文獻者來説，無疑是絶佳的外部環境。尤爲可貴的是，他兼具較廣闊的文獻視野與相對成熟的文學理念，不僅『括囊流略，包舉藝文，遍該緗素，殫極丘墳』〔四〕，更能明確提出文學創作應『麗而不浮，典而不野』的宗旨。儘管英年早逝的蕭統未能在個人創作上達到理想的境界〔五〕，但這些内外因素的綜合作用已足以幫助他在文獻整理領域取得過人的成績。其『所著文集二十卷；又撰古今典誥文言，爲《正序》十卷；五言詩之善者，爲《文章英華》二十卷；《文選》三十卷』，而影響最大者，莫過於《文選》〔六〕。

據俞紹初先生考證，《文選》的編纂經過當分爲三段：自天監十五年（五一六）至天監十七年（五一八），『歷觀文囿，泛覽辭林』，是搜集材料的準備期；自天監十八年（五一九）至普通元年（五二〇），編成《正序》十卷、《詩苑英華》二十卷，這兩部總集是《文選》的成書基礎，故此階段可視爲《文選》編纂的中間環節；自普通四年（五二三）至大通三年（五二九），爲正式編纂《文選》的階段。其所收作者，大多卒於天監十二年（五一三）以前，但劉孝標、徐悱、陸倕三家則至普通年間才去世，或因此疑其體例不純，則可能是至大通時，天監以前作者編選已畢，而蕭統因蠟鵝之事失寵，志氣沮喪，無心載籍，遂匆匆補此三人收尾耳。〔七〕

《文選》原本三十卷。先以文體類次諸文，計分賦、詩、騷、七、詔、册、令、教、（策）文、表、上書、啓、彈事、牋、奏記、書、檄、對問、設論、辭、序、頌、贊、符命、史論、史述贊、論、連珠、箴、銘、誄、哀、碑文、墓誌、行狀、弔文、祭文三十七體，其中『書』一體末又收『移』

體之作，故或以爲《文選》實分三十八體。各體之中，復依内容分若干類，類下以作者時代前後排列作品，一家之作聚於一處。綜計全書所載，時代遠自周室，訖於蕭梁，作者凡百三十餘，作品近八百篇。〔八〕

《文選》是現存最早的詩文總集，但在其之前，曾出現過多種同類著作〔九〕，與它們相比，《文選》的進步主要表現爲兩點：首先，收録作品數量繁多，種類齊全，在當時允稱規模宏大，同時又嚴於去取，『使蕭統以前正統派的文章精華，基本上總結在這部書裏』〔十〕，足見編者目光之敏鋭，計劃之周密。這樣既全且精的編纂水平，不僅前無古人，後世也少有媲美者。其次，蕭統在自序中提出的『事出於沉思，義歸乎翰藻』在中國文學的獨立進程中具有里程碑式的意義，而其『崇雅黜靡』的選擇傾向也代表著六朝時人對文學的認識水平，所以儘管《文選》不屬於典型的文學批評專著，却仍然是後代研究文學批評史必須關注的重要資料之一。

蕭統之侄蕭該撰《文選音》三卷，〔十一〕爲《文選》注本之始。後有曹憲撰《文選音義》十卷，并授學徒數百人，其弟子『許淹、李善、公孫羅、魏模相繼以《文選》教授，於是其學大興於唐代』〔十二〕。唐顯慶三年（六五八），李善奉進《文選注》，將原書析爲六十卷。開元六年（七一八），又有呂延祚上表批評李注〔十三〕并進呈呂延濟、劉良、張銑、呂向、李周翰之注本（即所謂『五臣注』）。從此，李善注與五臣注的優劣興衰便成爲《文選》學史上一個長期討論的問題。今天看來，李善注重視解釋典實出處，考辨精詳；五臣注則長於疏通文義，簡明淺顯。二者評價之高下，往往與當時的學風有關，不宜簡單地因襲清儒觀點，在推崇李注的同時必欲貶斥五臣而後快。〔十四〕當然，李善注至今仍是《文選》最重要的注本，這一點是毫無疑問的。

唐李匡文《資暇集》卷上『非五臣』條云：『代傳數本李氏《文選》，有初注成者，覆注者，有三注、四注者，當時旋被傳寫之。其絕筆之本，皆釋音訓義，注解甚多。余家幸而有焉。嘗數本並校，不唯注之贍略有異，至於科段，互相不同，無似余家之本該備也。』〔十五〕可見李注成書以後，內容並未固化。從五代開始，五臣注本、李注本陸續付梓，又有將兩注合刊者，例稱五臣居前李注居後者爲『六家注』本，李注居前五臣居後者爲『六臣注』本。李注本之刊行晚於五臣注本，至北宋真宗景德四年（一〇〇七）才首次開雕，該本於大中祥符四年（一〇一一）印成，但版片不久就毀於火災。天聖七年（一〇二九）國子監重新刻成此書，世稱天聖明道本，亦即所謂北宋監本，今有二十一卷殘本藏於中國國家圖書館。南宋淳熙八年（一一八一），尤袤刻李注《文選》於池陽郡齋。根據傅剛先生的研究，尤刻本既非用六臣本摘録而成，也不是源於此前的監本，很可能是以尤氏所見的某部李善注鈔本爲底本，并參校五臣注本（如平昌孟氏刻本）、六家本（北宋秀州州學本）新編而成〔十六〕，中國國家圖書館藏有該本的初印本。清嘉慶年間，胡克家經顧千里、彭兆蓀介紹，從黄丕烈處購得尤刻本的影鈔件〔十七〕，據以覆刻，書成於嘉慶十四年（一八〇九），文字行款，悉從其舊，并撰《考異》附諸卷尾〔十八〕。其底本雖係尤刻修版後印本，與初印多有出入，但『雕造精緻，對勘嚴審』，故被公認爲通行最善之本〔十九〕。而闕於《考異》，傅增湘《思適齋題跋序》嘗論云：『余曩時從楊惺吾假得日本古鈔《文選》三十卷本，以胡刻手加對勘，其中古本之異可以證今本之譌者，凡數百事。因取所附《考異》觀之，凡奪誤疑難之文，或旁引曲證，以得其真，或比附參勘，以知其失，而取視六朝原本，則所推斷者宛然符合。夫以叢殘蠹朽之書，沿譌襲謬已久，乃能冥搜苦索，匡誤正俗，如目見千年以上之本而發其疑滯，斯其術亦奇矣。』雖受環境限制，所考猶不免小誤，然綜而觀之，實足代表清人校勘總集之絶詣，稱其與李善注同爲研究《文選》的必讀材料，並不算是過譽之詞。

過去坊間僅有胡刻《文選》的書局縮印本流傳，行密字小，老眼苦之。今傳古樓取清人周心如舊藏之嘉慶初印本分册刊行，持讀之樂自然要倍於往昔。近聞母校欲建辭賦中心，以促進漢魏六朝文學之研究，然則此書問世，可謂正當時耶。一笑。

注

〔一〕《梁書》卷八《昭明太子傳》。

〔二〕《昭明太子傳》云：『于時東宫有書幾三萬卷。』

〔三〕《南史》卷二十三《王錫傳》云：『武帝敕錫與秘書郎張纘使入宫，不限日數。與太子遊狎，情兼師友。又敕陸倕、張率、謝舉、王規、王筠、劉孝綽、到洽、張緬爲學士，十人盡一時之選。』

〔四〕語出《昭明太子傳》所載王筠哀辭。

〔五〕蕭統《答湘東王求文集及詩苑英華書》云：『夫文典則累野，麗亦傷浮。能麗而不浮，典而不野，文質彬彬，有君子之致。吾嘗欲爲之，但恨未遒耳。』《昭明太子集》卷三，《四部叢刊》本。

〔六〕亦有以爲劉孝綽在《文選》編纂過程中所起之作用過於蕭統者，然觀其所論，或先入爲主蔽於成見，或比擬牽强邏輯不周，皆難服衆，故仍依舊説，以蕭統爲主事之人。

〔七〕俞紹初《文選成書過程擬測》，《文學遺産》一九九八年第一期。按關於《文選》成書之問題，衆説紛紜，以《擬測》較近情理，故今從之。

〔八〕據陳正宏師《文選提要》説，《中國學術名著提要·文學卷》第五頁，復旦大學出版社一九九九年版。

〔九〕一般認爲，詩文總集始於晉人摯虞所編的《文章流别集》。參見《隋書·經籍志》『總集類』小序。

〔十〕《文選出版説明》語，《文選》（點校本）第二頁，上海古籍出版社一九八六年版。

〔十一〕見《隋書·經籍志》『總集類』，已佚。

〔十二〕穆克宏《文選對後世的影響》，《福建論壇（文史哲版）》一九九六年第三期。

〔十三〕吕延祚《進集注文選表》云：『（李注）忽發章句，是徵載籍。述作之由，何嘗措翰。使復精覈注引，則陷於末學，質訪指趣，則巋然舊文。秖謂攪心，胡爲析理。』據《文選》奎章閣本（日本京都大學藏）轉録。

〔十四〕關於李善注與五臣注的評價問題，曹道衡《論文選的李善注和五臣注》（《江海學刊》一九九六年第二期）、江慶柏《文選五臣注平議》（《鄭州大學學報哲學社會科學版》一九九四年第四期）所言較爲中肯。

〔十五〕李匡文《資暇集》第一六八頁，中華書局二〇一二年版。

〔十六〕傅剛《文選版本研究》第二〇一頁，北京大學出版社二〇〇〇年版。

〔十七〕胡克家《重刻宋淳熙本文選序》云：『往歲顧千里、彭甘亭見語，以吴下有得尤槧者，因即屬兩君遴手影摹，校刊行世。』黄丕烈《重雕曝書亭藏宋刻初本輿地廣記緣起》云：『會鄱陽胡果泉先生典藩吴郡，敷政之餘，留心選學。聞吴下有藏尤槧者，有人以余對，遂向寒齋以百金借鈔。』《黄丕烈藏書題跋集》第六九〇頁，上海古籍出版社二〇一三年版。

〔十八〕《考異》雖署胡克家之名，實主要成於顧千里之手，李慶師《胡刻文選考異爲顧千里所作考》《文獻》一九八四年第四期已加論證。

〔十九〕《藏園訂補郘亭知見傳本書目》卷十六上『文選注六十卷』條云：『近世通行以此本（胡刻本）爲最善。』中華書局二〇〇九年版。

全書目録

情

詩甲

補亡

述德

勸勵

卷二十

獻詩

公讌

祖餞

卷二十一

詩乙

詠史

百一

遊仙

卷二十二

招隱

反招隱

遊覽

第五册

卷二十三

詩丙

詠懷

哀傷

贈答一

卷二十四

贈答二

卷二十五

詩丁

贈答三

卷二十六

贈答四

行旅上

卷二十七

詩戊

行旅下

挽歌

雜歌

第六册

卷二十九

詩己

雜詩上

卷三十

雜詩下

陸士衡擬古詩十二首

謝靈運擬魏太子鄴中集詩八首并序

卷三十一

雜擬下

卷三十二

騷上

卷三十三

騷下

文

卷三十七

表上

卷三十八

表下

箋

奏記

第八册

卷四十一

書上

卷四十二

書中

卷四十三

書下

卷四十四

檄

卷四十五

對問

設論

辭

序上

卷四十六

序下

第九册

卷四十七

頌

第十册

卷五十四

論四

卷五十五

論五

連珠

卷五十六

箴

銘

誄上

卷五十七

誄下

第十一册　文選考異

第十二册　文選考異

本册目録（一）

文選李善注
中
十卷

宋淳熙本重雕
鄱陽胡氏藏版

重刻宋淳熙本文選序

賜進士出身通奉大夫江南蘇松常鎮太等處承宣布政使司布政使胡克家撰

文選於孟蜀時毋昭裔已爲鏤板載五代史補然其所刻何本不可考也宋代大都盛行五臣又并善爲六臣而善注反微矣淳熙中尤延之在貴池倉使取善注讎校鋟木厥後單行之本咸從之出經數百年轉展之手譌舛日滋將不可讀恭逢

國家文運昭回

聖學高深苞函藝府受書之士均思熟精選理以潤色鴻業而佳本罕覯誦習爲難寧非缺事歟往歲顧千里彭甘

亭見語以吳下有得尤槧者因即屬兩君遴手影摹校刊行世踰年工成雕造精緻勘對嚴審雖尤氏真本殆不是過焉從此讀者開卷快然非敢云是舉即崇賢功臣抑亦學海文林之一助已其善注之并合五臣者與尤殊別凡資參訂既所不廢又尋究尤本輒有致疑鉤稽探索頗具要領宜諗來者撰次爲考異十卷詳著義例附列於後而別爲之敘云嘉慶十四年二月既望序

文選序

梁昭明太子撰

式觀元始眇覿玄風冬穴夏巢之時茹毛飲血之世世質民淳斯文未作逮乎伏羲氏之王(去聲)天下也始畫八卦造書契以代結繩之政由是文籍生焉易曰觀乎天文以察時變觀乎人文以化成天下文之時義遠矣哉若夫椎(直追)輪爲大輅(音路)之始大輅寧有椎輪之質增冰爲積水所成積水曾(作能)微增冰之凜(力錦)何哉蓋踵(音腫)其事而增華變其本而加厲物既有之文亦宜然隨時變改難可詳悉嘗試論之曰詩序云詩有六義焉一曰風二

曰賦三曰比四曰興（去聲）五曰雅六曰頌至於今之作者異乎古昔古詩之體今則全取賦名荀宋表之於前賈馬繼之於末自兹以降源流寔繁述邑居則有憑虛亡（音無）是之作戒畋遊則有長楊羽獵之制若其紀一事詠一物風雲草木之興（去聲）魚蟲禽獸之流推而廣之不可勝載矣又楚人屈原含忠履絜君匪從流臣進逆耳深思遠慮遂放湘南耿介之意既傷壹鬱之懷靡愬臨淵有懷沙之志吟澤有憔悴之容騷人之文自兹而作詩者蓋志之所之也情動於中而形於言關雎（七余）麟趾（音止）正始之道著桑間濮（音卜）上亡國之音表故風雅之道粲

然可觀自炎漢中葉厥塗漸異退傅有在鄒之作降下江將著河梁之篇四言五言區以別入聲矣又少則三字多則九言各體互興分鑣彼嬌並驅頌者所以游揚德業褒讚成功吉甫有穆音目若之談季子有至矣之歎舒布爲詩既言如彼總成爲頌又亦若此次則箴音針興於補闕戒出於弼匡論去聲則析洗激反理精微銘則序事清潤美終則誄發圖像則讚興又詔誥教令之流表奏牋記之列書誓符檄胡激之品弔祭悲哀之作荅客指事之制三言八字之文篇辭引以進反序碑碣誌狀衆制鋒起源流間去聲出譬陶匏蒲包異器並爲入耳之娛黼黻不同俱爲

悅目之玩作者之致蓋云備矣余監(音緘)撫餘閑居多暇日歷觀文囿泛覽辭林未嘗不心遊目想移晷(音軌)忘倦自姬漢以來眇焉悠邈時更(平聲)七代數(去聲)逾千祀詞人才子則名溢於縹(匹沼)囊飛文染翰則卷盈乎緗(音相)帙自非略其蕪穢集其清英蓋欲兼功太半難矣若夫姬公之籍孔父之書與日月俱懸鬼神爭奧孝敬之准式人倫之師友豈可重(去聲)以芟(音衫)夷加之剪截老莊之作管孟之流蓋以立意爲宗不以能文爲本今之所撰又以略諸若賢人之美辭忠臣之抗直謀夫之話(下快反)辨士之端冰釋泉涌金相玉振所謂坐狙(七余)丘議稷下仲連之

却秦軍食(音異)其(音饑)之下齊國留侯之發八難曲逆之吐六奇蓋乃事美一時語流千載概(古害)見墳籍旁出子史若斯之流又亦繁博雖傳之簡牘而事異篇章今之所集亦所不取至於記事之史繫年之書所以褒貶是非紀別(入聲)異同方之篇翰亦已不同若其讚論(去聲)之綜(作宋)緝(此立)辭采序述之錯比(避)文華事出於沈思義歸乎翰藻故與夫篇什雜而集之遠自周室迄于聖代都爲三十卷名曰文選云耳

凡次文之體各以彙(于貴)聚詩賦體既不一又以類分類分之中各以時代相次

文選序終

唐李崇賢上文選注表

文林郎守太子右内率府録事參軍崇賢館直學士臣李善

臣善言：竊以道光九野縟景緯以照臨德載八埏麗山川以錯峙垂象之文斯著含章之義聿宣協人靈以取則基化成而自遠故羲繩之前飛葛天之浩唱媧簧之後掞叢雲之奧詞步驟分途星躔殊建球鍾愈暢舞詠方滋楚國詞人御蘭芬於絶代漢朝才子綜鞶帨於遥年虚玄流正始之音氣質馳建安之體長離北度騰雅詠於圭陰化龍東騖煽風流於江左爰逮有梁宏材彌劭昭明太子業膺守器譽貞問寢居肅成而講藝開博

望以招賢搴中葉之詞林酌前修之筆海周巡緜嶠品盈尺之珍楚望長瀾搜徑寸之寶故撰斯一集名曰文選後進英髦咸資準的伏惟陛下經緯成德文思垂風則大居尊耀三辰之珠璧希聲應物宣六代之雲英孰可撮壤崇山導涓宗海臣蓬衡蕞品樗散陋姿汾河委筴夙非成誦崇山墜簡未議澄心握玩斯文載移涼燠有欣永日實昧通津故勉十舍之勞寄三餘之暇弋釣書部顒言注緝合成六十卷殺青甫就輕用上聞享帚自珍緘石知謬敢有塵於廣內庶無遺於小說謹詣闕奉進伏願鴻慈曲垂照覽謹言顯慶三年九月日上表

文選目録

梁昭明太子撰
唐李善注

賦乙

京都中

張平子東京賦一首

第四卷

張平子南都賦一首

左太沖三都賦序一首

左太沖蜀都賦一首

第五卷

賦丙

京都下

賦庚

物色

宋玉風賦一首

潘安仁秋興賦一首

謝惠連雪賦一首

謝希逸月賦一首

鳥獸上

賈誼鵩鳥賦一首

禰正平鸚鵡賦一首

張茂先鷦鷯賦一首

第十四卷
鳥獸下
顔延年赭白馬賦一首幷序
鮑明遠舞鶴賦一首
志上
班孟堅幽通賦一首
第十五卷
賦辛
志中
張平子思玄賦一首

歸田賦一首

第十六卷

志下

潘安仁閑居賦一首

哀傷

司馬長卿長門賦一首

向子期思舊賦一首

陸士衡歎逝賦一首

潘安仁懷舊賦一首

寡婦賦一首

音樂下
馬季長長笛賦一首
嵇叔夜琴賦一首
潘安仁笙賦一首
成公子安嘯賦一首
第十九卷
賦癸
情
宋玉高唐賦一首
神女賦一首

詩甲

補亡

述德

勸勵

第二十卷

獻詩

曹子建上責躬詩一首

應詔一首

潘安仁關中詩一首

公讌

曹子建公讌詩一首

王仲宣公讌詩一首

劉公幹公讌詩一首

應德璉侍五官中郎將建章臺集詩一首

祖餞

第二十一卷

詩乙

詠史

第二十二卷

反招隱

游覽

第二十三卷

詩丙

詠懷

哀傷

第二十四卷

贈荅二

第二十五卷

詩丁

贈荅三

謝惠連西陵遇風獻康樂一首
謝靈運還舊園作見顔范二中書一首
登臨海嶠與從弟惠連一首
酬從弟惠連一首

第二十六卷

贈荅四

顔延年贈王太常一首
夏夜呈從兄散騎車長沙一首
直東宫荅鄭尚書一首
和謝監靈運一首

行旅上

第二十七卷

詩戊

行旅下

第二十八卷
樂府下

第二十九卷

詩己

雜詩上

第三十卷

雜詩下

詩庚

雜擬上

第三十一卷
雜擬下

第三十二卷

騷上

第三十三卷

騷下

第三十四卷

七上

第三十五卷

七下

張景陽七命八首

詔

漢武帝詔一首

賢良詔一首

册

潘元茂魏王九錫文一首

第三十六卷

令

第三十七卷

第三十八卷

表下

第三十九卷

上書

奏記

第四十一卷

書上

第四十二卷

第四十三卷

書下

孔安國尚書序一首
杜元凱春秋左氏傳序一首
皇甫士安三都賦序一首
石季倫思歸引序一首

第四十六卷

序下

陸士衡豪士賦序一首
顔延年三月三日曲水詩序一首
王元長三月三日曲水詩序一首
任彦昇王文憲集序一首

第四十七卷

頌

王子淵聖主得賢臣頌一首

楊子雲趙充國頌一首

史孝山出師頌一首

劉伯倫酒德頌一首

陸士衡漢高祖功臣頌一首

贊

夏侯孝若東方朔畫贊一首

袁彦伯三國名臣序贊一首

第五十卷

史論下

史述贊

述成紀贊一首

述韓彭英盧吴傳贊一首

范蔚宗後漢光武紀贊一首

第五十一卷

論一

賈誼過秦論一首

東方曼倩非有先生論一首

王子淵四子講德論一首

第五十二卷

論二

第五十三卷

論三

第五十四卷

論四

陸士衡五等諸侯論一首

劉孝標辨命論一首

第五十五

論五

劉孝標廣絶交論一首

連珠

陸士衡演連珠五十首

第五十六卷

箴

祭文

文選目録終

賜進士出身通奉大夫江南蘇松常鎮太等處承宣布政使司布政使胡克家重校刊

胡果泉中丞重刻尤本文選并作考異十卷附刊於後讎勘精嚴尤爲善本陸子良世講以此本見餉珍同拱璧惜年老目昏不能更讀矣

道光乙酉十二月十六日文海周心如識於裕州官廨

江寧劉文奎弟文楷模鐫

文選卷第一

梁昭明太子撰

文林郎守太子右内率府録事參軍事崇賢館直學士臣李善注

賦甲

賦甲者舊題甲乙所以紀卷先後今卷既改故甲乙並除存其首題以明舊式

京都上

班孟堅兩都賦二首

自光武至和帝都洛陽西京父老有怨班固恐帝去洛陽故上此詞以諫和帝大悅也

兩都賦序

班孟堅 范曄後漢書曰班固字孟堅北地人也年九歲能屬文長遂博貫載籍顯宗時除蘭臺令史遷爲郎乃上兩都賦大將軍竇憲出征匈奴以固爲中護軍憲敗

大丶一十八 文 一

固坐免官遂死獄中

或曰賦者古詩之流也毛詩序曰詩有六義焉二曰賦故賦爲古詩之流也諸引文證皆舉先以明後以示作者必有所祖述也他皆類此昔成康沒而頌聲寢王澤竭而詩不作言周道既微雅頌並廢也史記曰周武王太子誦立是爲成王成王太子釗立是爲康王毛詩序曰頌者以其成功告於神明者也樂稽耀嘉曰仁義所生爲王毛詩序曰止乎禮義先王之澤也然則作詩稟乎先王之澤故王澤竭而詩不作作興也孟子曰王者之跡息而詩亡大漢初定日不暇給漢書曰高祖姓劉氏立爲漢王滅項羽即皇帝位荀悅曰諱邦字季史記曰雖受命而日有不暇給也至於武宣之世乃崇禮官考文章漢書曰孝武皇帝景帝中子荀悅曰諱徹漢書曰孝宣帝武帝曾孫戾太子孫荀悅曰諱詢字次卿內設金馬石渠之署外興樂府協律之事史記曰金馬門者宦者署門傍有銅馬故謂之曰金馬門三輔故事曰石

渠閣在大祕殿北以閣祕書漢書曰武帝定郊祀之禮乃立樂府以李延年爲協律都尉以興廢繼絶潤色鴻業言能發起遺文以光讚大業也論語子曰興滅國繼絶世然文雖出彼而意微殊不可以文害意他皆類此論語子曰東里子産潤色之劇秦美新曰制成六經洪業也是以衆庶悅豫福應尤盛白麟赤鴈芝房寶鼎之歌薦於郊廟漢書武紀曰行幸雍獲白麟作白麟之歌又曰行幸東海獲赤鴈作朱鴈之歌又曰甘泉宫内産芝九莖連葉作芝房歌又曰得寶鼎后土祠傍作寶鼎之歌神雀五鳳甘露黃龍之瑞以爲年紀漢書宣紀曰神雀元年應劭曰前年神雀集長樂宫故改年也又曰五鳳元年應劭曰先者鳳皇五至因以改元又甘露元年詔曰乃者鳳皇至甘露降故以名元年又曰黃龍元年應劭曰先是黃龍見新豐因以改元焉故言語侍從之臣若司馬相如虞丘壽王東方朔枚皋王褒劉向之屬朝夕論思日月獻納漢書曰司馬相如字長卿爲武騎常

侍又曰虞丘壽王字子貢以善格五召待詔遷爲侍中中書又曰東方朔字曼倩上書自稱舉上偉之令待詔公車後拜爲太中大夫給事中又曰枚皋字少孺上書北闕自稱枚乘之子上得大喜召入見待詔拜爲郎又曰王褒字子淵上令褒待詔褒等數從獵擢爲諫大夫又曰劉向字子政爲輦郎遷中壘校尉而公卿大臣御史大夫倪寬太常孔臧太中大夫董仲舒宗正劉德太子太傅蕭望之等時時間作漢書曰倪寬脩尚書以郡選詣博士孔安國射策爲掌固遷侍御史孔臧集曰臧仲尼之後少以才博知名稍遷御史大夫辭曰臣代以經學爲家乞爲太常專脩家業武帝遂用之漢書曰董仲舒以脩春秋爲博士後爲中大夫又曰劉德字路叔少脩黃老術武帝謂之千里駒爲宗正又曰蕭望之字長倩以射策甲科爲郎遷太子太傅或以抒下情而通諷諭廣雅曰抒渫也抒食與切諷方鳳切毛詩序曰吟詠情性以諷其上楚詞曰抒中情而屬詩或以宣上德而盡忠孝國語泠州鳩曰夫律所以宣布哲人之令德雍容揄

揚著於後嗣抑亦雅頌之亞也說文曰揄引也以珠切孔安國尚書傳曰揚舉也毛詩序曰言天下之事形四方之風謂之雅故孝成之世論而録之漢書曰孝成皇帝元帝太子也荀悅曰諱驁字太孫蓋奏御者千有餘篇而後大漢之文章炳焉與三代同風蒼頡篇曰炳著明也彼皿切論語子曰三代之所以直道而行馬融曰三代夏殷周且夫道有夷隆學有麤密因時而建德者不以遠近易則故臯陶歌虞奚斯頌魯同見采於孔氏列于詩書其義一也尚書臯陶歌曰元首明哉股肱良哉庶事康哉韓詩魯頌曰新廟奕奕奚斯所作薛君曰奚斯魯公子也言其新廟奕奕然盛是詩公子奚斯所作也稽之上古則如彼考之漢室又如此斯事雖細然先臣之舊式國家之遺美不可闕也臣竊見海内清平朝廷無事蔡邕獨斷或曰朝廷亦皆依違

尊者都舉朝廷以言之諸釋義或引後以明前示臣之任不敢專他皆類此京師脩宮室浚城隍起苑囿以備制度公羊傳曰京師者天子之居也京者何大也師者何衆也天子之居必以衆大之辭言也說文曰城池無水曰隍周禮曰囿遊之獸禁鄭玄曰囿今之苑西土耆老咸懷怨思冀上之睠顧而盛稱長安舊制有陋雒邑之議長安在西故曰西土尚書曰西土有衆故臣作兩都賦以極衆人之所眩曜折以今之法度其詞曰

西都賦

有西都賓問於東都主人曰蓋聞皇漢之初經營也嘗有意乎都河洛矣輟而弗康寔用西遷作我上都主人聞其故而覩其制乎孝經鉤命決曰道機合者稱皇尚書曰厥既得吉卜乃經營東都有

河南洛陽故曰河洛也鄭玄論語注曰輟止也張衡切孔安國尚書傳曰康安也穀梁傳曰葬我君桓公我君接上下也主人曰未也願賓攄懷舊之蓄念發思古之幽情博我以皇道引我以漢京廣雅曰攄舒也孔安國尚書傳曰蓄積也論語顏淵曰夫子博我以文賓曰唯唯漢之西都在於雍州寔曰長安禮記曰父召无諾唯而起漢書曰秦地於禹貢時跨雍梁二州漢興立都長安左據函谷二崤之阻表以太華終南之山戰國策蘇秦曰秦東有殽函之固鹽鐵論曰秦左殽函漢書音義韋昭曰函谷關左氏傳曰崤有二陵其南陵夏后皐之墓其北陵文王所避風雨也表標也山海經曰華首之山西六十里曰太華之山毛詩曰終南何有有條有枚毛萇曰終南周之名山中南也右界褒斜隴首之險帶以洪河涇渭之川衆流之隈汧涌其西長揚賦曰命右扶風發人西自褒斜梁州記曰萬石城泝漢上七里有褒谷南口曰褒北口曰斜長四百七十里鹽鐵論

曰秦右隴阸漢書幸雍白麟歌曰朝隴首覽西垠尚書曰導汧河自積石南至于華陰山海經曰涇水出長城北尚書曰導渭自鳥鼠同穴**華實之毛則九州之上腴焉防禦之阻則天地之隩區焉**春秋文耀鉤曰春致其時華實乃榮左氏傳君子曰澗溪沼沚之毛漢書曰秦地九州膏腴揚雄衛尉箴曰設置山險盡爲防禦說文曰隩四方之土可定居者也於報切**是故橫被六合三成帝畿周以龍興秦以虎視**漢書音義文頴曰關西爲橫孔安國尚書傳曰被及也呂氏春秋曰神通乎六合高誘曰四方上下爲六合三成帝畿謂周秦漢也樂稽嘉耀曰德象天地爲帝周禮曰方千里曰王畿史記曰周后稷名弃堯舜時爲農師號后稷姓姬氏至孫公劉周之道興至文王徙都豐武王滅紂孔安國尚書序曰漢室龍興史記曰秦之先帝顓頊之苗裔至孝公作咸陽政并六國稱皇帝周易曰虎視眈眈其欲逐逐**及至大漢受命而都之也仰悟東井之精俯協河圖之靈**漢書曰漢元年十月五星聚于東井沛公至霸上又曰以

厤推之從歲星也此高祖受命之符尚書雒書曰河圖命紀也然五經緯皆河圖也春秋漢含孳曰劉季握卯金刀在軫北字季天下服卯在東方陽所立仁且明金在西方陰所立義成功刀居右字成章刀擊秦枉矢東流水神哭祖龍然則成功在西故都長安

奉春建策留侯演成漢書曰高祖西都洛陽戍卒婁敬求見說上曰陛下都洛不便不如入關據秦之固上問張良良因勸上是日車駕西都長安拜婁敬爲奉春君賜姓劉氏又曰封張良爲留侯也蒼頡篇曰演引也

天人合應以發皇明天謂五星也人謂婁敬也皇謂高祖也四子講德論曰天人並應毛詩曰乃眷西顧此惟與宅

乃眷西顧寔惟作京

於是睎秦嶺睋北阜挾灃灞據龍首說文曰睎望也呼衣切秦嶺南山也漢書曰秦地有南山睋視也五哥切北阜山也漢書文帝曰以北山石爲槨張揖上林賦注曰豐水出鄠南山豐谷漢書曰灞水出藍田谷山海經曰華山之西龍首之山也

圖皇基於億載度宏規而大起長楊賦曰規億載孔安國尚書傳曰十萬曰億爾雅曰載年也小雅

曰羌發聲也慶與羌古字通慶或爲慶也肇自高而終平世增飾以崇麗歷十二之延祚故窮泰而極侈高高祖漢書張晏曰爲功最高而爲漢帝太祖故特起名焉漢書孝平皇帝元帝庶孫荀悅曰諱衎漢自高祖至于孝平凡十二帝也國語曰天地之所祚賈逵曰祚禄也建金城而萬雉呀周池而成淵鹽鐵論曰秦四塞以爲固金城千里鄭玄周禮注曰雉長三丈高一丈字林曰呀大空皃火家切說文曰城有水曰池披三條之廣路立十二之通門周禮曰匠人營國方九里旁三門鄭玄曰天子十二門通十二子也内則街衢洞達閭閻且千九市開場貨别隧分人不得顧車不得旋闐城溢郭旁流百廛紅塵四合煙雲相連說文曰街四通也音佳爾雅曰四達謂之衢字林曰閭里門也閻里中門也漢宮闕䟽曰長安立九市其六市在道西三市在道東鄭玄周禮注曰金玉曰貨薛綜西京賦注曰隧列肆道也音遂鄭玄禮記注曰填滿也填與闐

同徒堅切又曰廛市物邸舍也除連切李陵詩曰紅塵塞天地白日何冥冥於是既庶且富娛樂無疆都人士女殊異乎五方遊士擬於公侯列肆侈於姬姜論語曰子適衛冉有僕子曰庶矣哉冉有曰既庶矣又何加焉曰富之毛詩曰惠我無疆又曰彼都人士又曰彼君子女漢書曰秦地五方雜錯富人則商賈爲利列侯貴人車服僭上衆庶倣效羞不相及鄭玄周禮注曰肆市中陳物處也左氏傳君子曰詩云雖有姬姜無棄蕉悴也鄉曲豪舉遊俠之雄節慕原嘗名亞春陵連交合衆騁騖乎其中莊子曰治州閭鄉曲史記魏公子無忌曰平原之遊徒豪舉耳文子曰智過十人謂之豪漢書曰秦地豪桀則游俠通姦史記曰平原君趙勝者趙之諸公子也諸子中勝最賢賓客蓋至者數千人又曰孟嘗君名文姓田氏孟嘗君在薛招致諸侯賓客食客數千人又曰春申君者楚人也名歇姓黃氏考列王以歇爲相封春申君客三千餘人又曰魏公子無忌者魏安釐王弟也安釐王封公子爲信陵君致食客三千楚辭曰朝騁騖乎江臯說文曰

騁直馳也又曰鶩亂馳也音務若乃觀其四郊浮遊近縣則南望杜霸北眺五陵名都對郭邑居相承英俊之域紱冕所興冠蓋如雲七相五公鄭玄周禮注曰王國百里爲郊漢書曰宣帝葬杜陵文帝葬霸陵高帝葬長陵惠帝葬安陵景帝葬陽陵武帝葬茂陵昭帝葬平陵文子曰智過萬人謂之英千人謂之俊蒼頡篇曰紱綬也說文曰冕大夫以上冠也毛詩曰有女如雲相丞相也漢書韋賢爲丞相徙平陵車千秋爲丞相徙長陵黃霸爲丞相徙平陵平當爲丞相徙平陵魏相爲丞相徙平陵公御史大夫將軍通稱也漢書曰張湯爲御史大夫徙杜陵杜周爲御史大夫徙茂陵蕭望之爲前將軍徙杜陵馮奉世爲右將軍徙杜陵史丹爲大將軍徙杜陵然其餘不在七相之數者並以罪國除故也與乎州郡之豪傑五都之貨殖三選七遷充奉陵邑蓋以強幹弱枝隆上都而觀萬國也文子曰智過百人謂之傑十人謂之豪漢書曰王莽於五都立均官更名雒陽邯鄲臨淄宛城都市長安

皆爲五均司市師三選謂選三等之人七遷謂遷於七陵也漢書曰徙吏二千石高訾富人及豪傑兼并之家於諸陵蓋亦以強幹弱枝非獨爲奉山園也又元帝詔曰往者有司緣臣子之義奏徙郡國人以奉園陵自今所爲陵者勿置縣邑然則元帝始不遷人陪陵自元以上正有七帝也春秋漢含孳曰強幹弱流天之道宋均曰流猶枝也左傳曰魯諸大夫曰禹會諸侯於塗山執玉帛者萬國**封畿之內厥土千里逴躒諸夏兼其所有**漢書曰雒邑與宗周通封畿爲千里又曰秦地沃野千里人以富饒逴躒猶超絕也逴音卓躒呂角切論語子曰夷狄之有君不如諸夏之亡也**其陽則崇山隱天幽林穹谷陸海珍藏藍田美玉**上林賦曰崇山嵸巃崔嵬楊雄蜀都賦曰蒼山隱天韓詩曰皎皎白駒在彼空谷薛君曰穹谷深谷也漢書東方朔曰漢興去三河之地止灞滻以西都涇渭之南北謂天下陸海之地范子計然曰玉英出藍田**商洛緣其隈鄠杜濵其足源泉灌注陂池交屬**漢書弘農郡有商縣上雒縣扶風有鄠縣杜陽縣說文曰隈水曲也

於回切孔安國尚書傳曰濱涯也又曰澤鄣曰陂停水曰池竹林果園芳草甘木郊野之富號爲近蜀言秦境富饒與蜀相類故號近蜀焉漢書曰秦地南有巴蜀廣漢山林竹木蔬食果實之饒爾雅曰邑外曰郊郊外曰野其隂則冠古亂以九嵕子紅陪以甘泉乃有靈宮起乎其中秦漢之所極觀古亂淵雲之所頌歎於是乎存焉漢書谷口縣九嵕山在西戰國策范睢說秦王曰大王之國北有甘泉谷口漢書公孫卿曰仙人好樓居於是上令甘泉作延壽館通天臺漢宮闕疏曰甘泉林光宮秦二世造漢書曰王子淵爲甘泉頌又曰楊子雲奏甘泉賦下有鄭白之沃衣食之源提封五萬疆場綺分溝塍刻鏤原隰龍鱗決渠降雨荷插成雲五穀垂穎桑麻鋪棻史記曰韓聞秦之好興事欲罷无令東伐迺使水工鄭國閒說秦令鑿涇水自中山西抵瓠口爲渠並北山東注洛溉舄鹵之地四万餘頃收皆畝稅一鍾命曰鄭國渠又曰趙中

大夫白公復奏穿渠引涇水首起谷口尾入櫟陽注渭溉田四千餘頃因曰白渠人得其饒歌之曰田於何所池陽谷口鄭國在前白渠起後舉插爲雲决渠爲雨涇水一石其泥數斗且溉且糞長我禾黍衣食京師億万之口天子畿方千里提封百万井臣瓚案舊說云提撮凡也言大舉頃畝也韋昭曰積土爲封限也毛詩曰疆埸有瓜周禮曰十夫有溝鄭玄曰遂廣深各二尺溝倍之說文曰塍稻田之畦也音繩爾雅曰高平曰原下濕曰隰周禮曰以五穀養病漢書音義韋昭曰黍稷菽麥稻也毛詩曰實穎實栗毛萇曰穎垂穎也小雅曰禾穗謂之穎爾雅曰鋪布也普胡切王逸楚辭注曰紛盛皃也棻與紛古字通

東郊則有通溝大漕潰渭洞河汎舟山東控引淮湖與海通波

言通溝大漕旣達河渭又可以汎舟山東控引淮湖之流而與海通其波瀾漢書武紀曰穿漕渠道渭如淳曰水轉曰漕蒼頡篇曰潰旁決也胡對切說文曰洞疾流也國語曰秦汎舟於河歸糴於晉史記曰滎陽下引河東南爲鴻溝以與淮泗會也

西郊則有上囿禁苑林麓藪澤陂池連乎蜀漢繚

以周墻四百餘里離宮別館三十六所神池靈沼往往而在上圍禁苑即林苑也羽獵賦曰開禁苑穀梁傳曰林屬於山爲麓鄭玄周禮注曰澤无水曰藪漢書有蜀都漢中郡繞猶繞也三輔故事曰上林連緜四百餘里繚力鳥切離別非一所也上林賦曰離宮別館彌山跨谷三秦記曰昆明池中有神池通白鹿原毛詩曰王在靈沼其中乃有九真之麟大宛之馬黃支之犀條支之鳥踰崐崘越巨海殊方異類至于三萬里漢書宣帝詔曰九真獻奇獸晉灼漢書注曰駒形麟色牛角又武紀曰貳師將軍廣利斬大宛王首獲汗血馬又曰黃支自三萬里貢生犀又曰條枝國臨西海有大鳥卵如甕山海經曰帝之下都崑崙之墟高萬仞河圖括地象曰崑崙在西北其高萬一千里子虛賦曰東注巨海也其宮室也體象乎天地經緯乎陰陽據坤靈之正位倣太紫之圓方七畧曰王者師天地體天而行是以明堂之制內有太室象紫微宮南出明堂象太微春秋元命苞

曰紫之言此也宮之言中也言天神圖法陰陽開閉皆在此中也周易曰坤地道也楊雄司命箴曰普彼坤靈侔天作制春秋合誠圖曰太微其星十二四方又曰紫宮大帝室也**樹中天之華闕豐冠山之朱堂因瓌材而究奇抗應龍之虹梁列棼橑以布翼荷棟桴而高驤**列子曰周穆王築臺號曰中天之臺漢書曰蕭何立東闕北闕周易曰豐其屋漢書曰蕭何作未央宮潘岳關中記曰未央宮殿皆跣龍首山土作之然殿居山上故曰冠云埤蒼曰瓌瑋珍琦也應龍虹梁梁形似龍而曲如虹也廣雅曰有翼曰應龍爾雅曰螮蝀虹也螮音帝蝀音董虹音紅說文曰棼複屋棟也扶云切又曰橑椽也梁道切又曰翼屋榮也爾雅曰棟謂之桴音浮**雕玉瑱以居楹裁金璧以飾璫**言彫刻玉礩以居楹柱也爾雅曰玉謂之彫郭璞曰治玉名也廣雅曰磌礩也瑱與磌古字通並徒年切說文曰楹柱也上林賦曰華榱璧璫韋昭曰裁金爲璧以當榱頭**發五色之渥彩光爓**音豔**朗以景彰**毛詩曰顏如渥丹鄭玄曰渥厚漬也烏學切字

林曰燭火貌也於是左城右平重軒三階閨房周通門闥洞開列鍾虡於中庭立金人於端闈七略曰王者宮中必左墄而右平摯虞決疑要注曰凡太極乃有陛堂則有階无陛也左墄右平平者以文塼相亞次也墄者爲陛級也言階級勤墄然七則切王逸楚辭注曰軒樓板也周禮夏后氏世室九階鄭玄曰南面三三面各二也爾雅曰宮中門謂之闈小者謂之閨毛萇詩傳曰闥門内也史記曰始皇大收天下兵器聚之咸陽銷以爲鍾鐻鑄金人十二重各千斤置宮中徐廣曰鐻音巨毛詩曰設業設虡毛萇曰植曰虡與鐻古字通也三輔黃圖曰秦營宮殿端門四達以則紫宮闥他曷切仍增崖而衡閾臨峻路而啓扉爾雅曰仍因也仍或爲岌非也孔安國論語注曰閾門限也胡洫切又曰峻高大也爾雅曰闔謂之扉徇以離宮別寢承以崇臺閒館煥若列宿紫宮是環孔安國尚書傳曰徇循也爾雅曰室無東西廂有室曰寢又曰四方而高曰臺春秋合誠圖曰紫宮大帝室太一之精也漢書曰中宮天極星環之匡衛

十二星藩臣皆曰紫宮也清涼宣温神仙長年金華玉堂白虎麒麟

區宇若茲不可殫論三輔黄圖曰未央宮有清涼殿宣室殿中温室殿金華殿太玉堂殿中白虎殿麒麟殿長樂宮有神仙殿孔安國尚書傳曰殫盡也長年亦殿名增盤崔嵬登降

炤爛殊形詭制每各異觀乗茵歩輦惟所息宴毛萇詩傳曰崔高大也茲瑰切王逸楚辭注曰嵬高也才迴切廣雅曰炤明也音照爛亦明也力旦切應劭漢官儀曰皇后婕好乗輦餘皆以茵四人輿以行鄭玄禮記注曰茵蓐也於申切周易曰君子以嚮晦入宴息也後宮則

有掖庭椒房后妃之室合歡增城安處常寧茝若椒風

披香發越蘭林蕙草鴛鸞飛翔之列漢書曰詔掖庭養視應劭曰掖庭宮人之官漢官儀曰婕妤以下皆居掖庭三輔黄圖曰長樂宮有椒房殿漢書曰班婕妤居增城舍桓子新論曰董賢女弟爲昭儀居舍號曰椒風漢宮閣名長安有合歡殿披香殿鴛鸞殿飛翔殿餘亦皆殿名昭陽

特盛隆乎孝成屋不呈材牆不露形裛以藻繡絡以綸連隨侯明月錯落其間金釭銜璧是爲列錢翡翠火齊流燿含英懸黎垂棘夜光在焉

漢書曰孝成趙皇后弟絶幸爲昭儀居昭陽舍其壁帶往往爲黃金釭函藍田璧明珠翠羽飾之音義曰謂壁中之横帶也引漢書注云音義者皆失其姓名故云音義而已說文曰釭轂鐵也列錢言金釭銜璧行列似錢也釭古雙切說文曰裛纏也於劫切又曰綸糾青絲綬也淮南子曰隨侯之珠和氏之璧得之而富失之而貧高誘曰隨侯漢中國姬姓諸侯也隨侯見大蛇傷斷以藥傅而塗之後蛇於夜中銜大珠以報之因曰隨侯之珠蓋明月珠也李斯上書曰有隨和之寶垂明月之珠張揖上林賦注曰翡翠大小如爵雄赤曰翡雌青曰翠韻集曰玫瑰火齊珠也戰國策應侯謂秦王曰梁有懸黎楚有和璞而爲天下名器左氏傳曰晉荀息請以垂棘之璧假道於虞以伐虢許慎淮南子注曰夜光之珠有似明月故曰明月也高誘以隨侯爲明月許慎以明月爲夜光班固上云隨侯明月下云懸黎垂棘

夜光在焉然班以夜光非隨珠明月矣以三都合爲一寶經典不載夜光本末故說者參差矣西京賦曰流懸黎之夜光吴都賦曰隨侯於是鄙其夜光鄒陽云夜光之璧劉琨云夜光之珠尹文子曰田父得寶玉徑尺置於廡上其夜明照一室然則夜光爲通稱不繫之於珠璧也**於是玄墀釦砌玉階彤庭碝磩綵緻琳珉青熒珊瑚碧樹周阿而生**漢書曰昭陽舍中庭彤朱而殿上髹漆砌皆銅沓黄金塗白玉階然墀以髹漆故曰玄也釦砌以玉飾砌也說文曰釦金飾器枯後切廣雅曰砌阤也且計切說文曰碝石之次玉也如兖切磩碝類也音戚鄭玄禮記注曰緻密也郭璞上林賦注珉玉名也張揖上林賦注曰珉石次玉也廣雅曰珊瑚珠也淮南子曰崐崘山有碧樹在其北高誘曰碧青石也韓詩曰曲景曰阿然此阿庭之曲也**紅羅颯纚綺組繽紛精曜華燭俯仰如神**薛綜西京賦注曰颯纚長袖貌也颯思合切纚山綺切說文曰綺文繒也孔安國尚書傳曰組綬也楚辭曰佩繽紛其繁飾王逸曰繽紛盛貌也繽匹人切戰國策張儀謂楚王曰彼鄭國之女粉白黛黑立

於衢閭非知而見之者以爲神後宮之號十有四位窈窕繁華更盛迭貴處乎斯列者蓋以百數漢書曰大星正妃餘三星後宮又贊曰漢興因秦之稱號帝正適稱皇后妾皆稱夫人號凡十四等云昭儀位視丞相婕妤視上卿娙娥視中二千石傛華視眞二千石美人視二千石八子視千石充依視千石七子視八百石良人視七百石長使視六百石少使視四百石五官視三百石順常視二百石無涓共和娛靈保林良使夜者皆視百石毛詩曰窈窕淑女君子好逑史記華陽夫人姊說夫人曰不以繁華時樹本方言曰迭代也徒結切娙音刑左右庭中朝堂百寮之位蕭曹魏邴謀謨乎其上尚書曰百寮師師漢書曰蕭何沛人漢王即皇帝位拜何爲相國又曰曹參沛人也代蕭何爲相國又曰魏相字弱翁濟陰人也宣帝即位代韋賢爲丞相又曰邴吉字少卿魯國人也宣帝即位代魏相爲丞相孔安國尚書傳曰謀謨也佐命則垂統輔翼則成化流大漢之愷悌盪亡秦之毒螫李陵報蘇武書曰其餘佐命立

功之士易乾鑿度曰代者赤兊黄佐命宋衷曰此赤兊者謂漢高帝也黄者火之子故佐命張良是也孟子曰君子創業垂統爲可繼也禮記曰保者慎其身以輔翼之長楊賦曰今朝廷出凱悌行簡易四子講德論曰秦之時處位任政者並施螫毒説文曰螫行毒也舒亦切

故令斯人揚樂和之聲作畫一之歌功德著乎祖宗膏澤洽乎黎庶

孔叢子曰孔子曰古之帝王功成作樂其功善者其樂和樂和則天下且由應之況百獸乎漢書曰蕭何薨曹參代之百姓歌之曰蕭何爲法較若畫一曹參代之守而勿失載其清淨人以寧一又景帝詔曰謌者所以發德舞者所以立功申屠嘉奏曰高皇帝宜爲太祖孝文帝宜爲太宗史記太史公曰成王作頌沐浴膏澤而歌詠勤苦孟子曰膏澤下於民孔安國尚書傳曰黎衆也

又有天禄石渠典籍之府命夫惇誨故老名儒師傅講論乎六藝稽合乎同異

三輔故事曰天禄閣在大殿北以閣秘書石渠已見上文然同卷再見者並云已見上文務從省也他皆類此爾雅曰惇勉也孔安國尚書傳

曰誨教也周禮曰六藝禮樂射御書數孔安國尚書傳曰稽考也又有承明金馬著作之庭大雅宏達於茲爲羣元元本本殫見洽聞啓發篇章校理秘文漢書曰嚴助爲會稽太守帝賜書曰君猒承明之廬張晏曰承明廬在石渠門外金馬已見上文大雅謂有大雅之才者詩有大雅故以立稱焉漢書武帝曰司馬相如之倫皆辯智閎達元元本本謂得其元本也孔叢子曰萇弘曰仲尼洽聞強記孝經鉤命決曰丘掇秘文周以鉤陳之位衛以嚴更之署總禮官之甲科羣百郡之廉孝樂汁圖曰鉤陳後宮也服虔甘泉賦注曰紫宮外營勾陳星也然王者亦法之薛綜西京賦注曰嚴更督行夜鼓也漢書曰奉常掌禮儀屬官有五經博士又曰匡衡射策甲科除太常掌故又曰秦分天下爲郡縣又曰興廉舉孝也虎賁贅衣閹尹閽寺陛戟百重各有典司尚書周公曰綴衣虎賁公羊傳曰贅貝猶綴也贅貝之鋭切周禮曰内小臣奄上士又有閽人寺人漢書曰太后盛服坐武帳武士陛戟陳列殿下

也周廬千列徼道綺錯史記衛令曰周廬設卒甚謹漢書音義張晏曰直宿曰廬漢書曰中尉掌徼循京師如淳曰所謂遊徼循禁備盜賊也輦路經營脩除飛閣輦路輦道也上林賦曰輦道纚屬如淳曰輦道閣道也司馬彪上林賦注曰除樓陛也自未央而連桂宮北彌明光而亘長樂凌隥道而超西墉掍建章而連外屬設璧門之鳳闕上觚稜而棲金爵漢書曰高祖至長安蕭何作未央宮三輔舊事曰桂宮內有明光殿毛萇詩傳曰彌終也方言曰亘竟也亘與緪古字通漢書曰高祖修長樂宮薛綜西京賦注曰隥閣道也丁鄧切毛萇詩傳曰墉城也方言曰掍同也音義與混同胡本切漢書曰建章宮其東則鳳闕高二十餘丈其南有辟門之屬漢書音義應劭曰觚八觚有隅者也音孤說文曰稜抓也抓與觚同稜落登切三輔故事曰建章宮闕上有銅鳳皇然金爵則銅鳳也內則別風之嶕嶢眇麗巧而聳擢張千門而立萬戶順陰陽以開闔爾乃

正殿崔嵬層構厥高臨乎未央經駘盪而出馺娑洞枍詣以與天梁上反宇以葢戴激日景而納光三輔故事曰建章宮東有折風闕關中記曰折風一名别風廣雅曰嶕嶢高也嶕茲堯切漢書曰建章宮度爲千門万户前殿度高未央然前殿則正殿也長門賦曰正殿嵬以造天其高臨乎未央高之甚也崔嵬高貌也關中記曰建章宮有馺娑駘盪枍詣承光四殿馺素合切娑蘇可切駘音殆枍烏詣切天梁亦宮名也爾雅曰葢戴覆也激日景而納光言宮殿光輝外激於日日景下照而反納其光也神明鬱其特起遂偃蹇而上躋軼雲雨於太半虹霓迴帶於棼楣雖輕迅與僄狡猶愕眙而不能階漢書曰孝武立神明臺王逸楚辭注曰偃蹇高貌也公羊傳曰躋者何躋升也三蒼曰軼從後出前也餘質切漢書音義韋昭曰凡數三分有二爲太半尸子曰虹霓爲析翳棼巳見上文爾雅曰楣謂之梁糜飢切方言曰僄輕也芳妙切鄭玄禮記注曰狡疾也古飽切字書曰愕驚也五各切字林曰

眙驚貌勑吏切攀井幹而未半目眴轉而意迷舍櫺檻而卻倚若顛墜而復稽魂怳怳以失度巡迴塗而下低漢書曰武帝作井幹樓高五十丈輦道相屬焉幹音寒司馬彪莊子注曰井幹井欄也然積木有若欄也蒼頡篇云眴視不明也侯遍切說文櫺楯間子也力丁切王逸楚辭曰檻楯也胡黯切說文曰稽留止也長門賦曰神怳怳而外淫王逸楚辭注曰怳失意也況往切既懲懼於登望降周流以徬徨步甬道以縈紆又杳窱而不見陽廣雅曰懲恐也楚辭曰寤從容以周流聊逍遥而自恃毛詩序曰徬徨不忍去淮南子曰甬道相連高誘曰甬道飛閣複道也說文縈紆猶回曲也又曰杳杳窱也廣雅曰窈窕深也窈與杳同烏鳥切窱他弔切毛萇詩傳曰陽明也排飛闥而上出若遊目於天表似無依而洋洋廣雅曰排推也簿階切闥門闥也楚辭曰忽反顧而遊目王逸楚辭注曰洋洋无所歸貌前唐中而後太液覽滄海之湯湯揚波

濤於碣石，激神岳之嶈嶈，濫瀛洲與方壺，蓬萊起乎中央。漢書曰：建章宮其西則有唐中數十里，其北沼太液池，漸臺高二十餘丈，名曰太液池，中有蓬萊、方丈、瀛州、臺梁，象海中仙山。如淳曰：唐，庭也。尚書曰：湯湯洪水方割。蒼頡篇曰：濤，大波。尚書曰：夾右碣石入於河。孔安國曰：海畔山也。毛詩曰：應門將將。說文曰：濫，泛也。力暫切。列子：渤海之中有大壑，其中有山，一曰岱輿，二曰員嶠，三曰方壺，四曰瀛洲，五曰蓬萊。於是靈草冬榮，神木叢生，巖峻崷崪，金石崢嶸。神木、靈草，謂不死藥也。史記曰：三神山，仙人不死藥皆在焉。杜預左氏傳注曰：巖，險也。說文曰：峻，峭高也。峻，思俊切。崷，高貌也，慈由切。爾雅曰：崪者，厜㕒也。慈恤切。郭璞方言注曰：崢嶸，高峻也。崢，力耕切。嶸，胡萌切。抗仙掌以承露，擢雙立之金莖，軼埃堨之混濁，鮮顥氣之清英。言承露之高也。漢書曰：孝武又作柏梁銅柱承露仙人掌之屬矣。方言曰：擢，抽也。達卓切。金莖，銅柱也。王逸楚辭注曰：埃，塵也。許慎淮南子注曰：堨，埃也。堨與壒同，於害切。鮮，絜也。楚辭曰：天白顥顥說文曰顥白貌胡暠切鮮或爲鱻非也騁文成之丕誕馳五利之所刑庶松喬之羣類時遊從乎斯庭實列仙之攸館非吾人之所寧漢書曰齊人李少翁以方術見上拜少翁爲文成將軍言上即欲與神通宮室被服非象神物不至乃作甘泉宮中爲臺畫天地泰一諸鬼神而置祭具以致天神又曰樂成侯登上書言欒大天子見大悅曰臣之師有不死之藥可得仙人可致乃拜大爲五利將軍毛萇詩傳曰刑法也列仙傳曰赤松子者神農時雨師也服水玉以教神農又曰王子喬者周靈王太子晉也道人浮丘公接以上嵩高山爾乃盛娛游之壯觀奮泰武乎上囿因兹以威戎夸狄耀威靈而講武事史記相如封禪書曰斯事天下之壯觀禮記曰西方曰戎北方曰狄又曰孟冬之月天子乃命將帥講武習射御毛詩序曰有常德以立武事命荆州使起鳥詔梁野而驅獸毛羣内闐飛羽上覆接翼側足集禁林而屯聚尚書曰荆及衡

陽惟荊州又曰華陽黑水惟梁州然則南方多獸故命使之枚乘兔園賦曰翺翔羣熙交頸接翼**水衡虞人修其營表種別羣分部曲有署**周禮水衡鄭玄曰川流水也衡平其大小也周禮曰虞人萊所田之野爲表鄭司農曰表所以識正行列也司馬彪續漢書曰將軍皆有部大將軍營五部部有校尉一人部下有曲曲有軍候一人**罘不網連紘籠山絡野列卒周匝星羅雲布**鄭玄禮記注曰獸罟曰罘不扶流切紘罘之網也胡萌切方言曰絡繞也來各切羽獵賦曰渙若天星之羅韓子曰雲布風動**於是乘鑾輿備法駕帥羣臣披飛廉入苑門**蔡雍獨斷曰天子至尊不敢渫瀆言之故託於乘輿也又曰天子出車駕次第謂之鹵簿有法駕司馬彪曰法駕六馬也漢書武紀曰長安作飛廉館**遂繞酆鄗歷上蘭六師發逐百獸駭殫震震爚爚雷奔電激草木塗地山淵反覆蹂躪其十二三乃拗怒而少息**世本曰武王在酆鄗杜預左氏

傳注曰豐在始平鄠東孚宮切說文曰鎬在上林苑中鎬與鄗同胡道切三輔黃圖曰上林有上蘭觀尚書曰
司馬掌邦政統六師又曰百獸率舞震震爚爚光明貌也震之人切字指曰儵爚電光也弋灼切說文曰電陰
陽激燿也漢書曰一敗塗地廣雅曰塗汙也反覆猶傾動也字林曰蹂踐也汝九切說文曰蹸轢也躪與蹸同
力振切拗猶抑也於六切**爾乃期門佽飛列刃鑽鍭要趹追蹤鳥驚**
觸絲獸駭值鋒機不虛掎弦不再控矢不單殺中必疊
雙漢書武帝與北地良家子期諸殿門故有期門之號又曰佽飛掌弋射佽音次蒼頡篇曰攢聚也鑽與攢
同作官切爾雅曰金鏃箭羽謂之鍭胡溝切廣雅曰趹奔也古穴切孔安國尚書傳機弩牙也說文曰掎偏引
也居蟣切又曰匈奴名引弓曰控控引也**颮颮紛紛矰繳相纏風毛雨灑**
野蔽天颮颮紛紛衆多之貌也說文曰颮古飈字也俾姚切周禮曰矰矢也鄭玄曰結繳於矢謂之矰
矰高也說文曰繳生絲縷也之若切又曰灑所買切**平原赤勇士厲猨狖失木豺**

狼懾竄郭璞山海經注曰猨似獼猴而大臂長便捷色黑蒼頡篇曰狖似狸與救切爾雅曰貀狗足郭
璞曰腳似狗也說文曰狼似犬銳頭白頰淮南子曰猨狖顛蹷而失木鄭玄毛詩箋曰懾懼也章涉切爾
乃移師趨險並蹈潛穢窮虎奔突狂兕觸蹷爾雅曰潛深也慎子
曰獸伏就穢字書曰穢蕪也爾雅曰兕似牛廣雅曰蹶蹎跳也蹷居衛切蹎徒帝切跳達彫切許少施
巧秦成力折掎僄狡扼猛噬脫角挫脰徒搏獨殺許少秦成
未詳說文曰捉搤也搤與扼古字通於責切王弼周易注曰噬齧也音誓鄭玄禮記注曰挫折也祖過切何休
公羊傳曰脰頸也徒鏤切爾雅曰㬥虎徒搏也郭璞曰空手執曰搏補洛切挾師豹拖熊螭
曳犀犛頓象羆超洞壑越峻崖蹷嶄巖鉅石隤松栢
仆叢林摧草木無餘禽獸殄夷爾雅曰狻猊如虥貓食虎豹郭璞曰即師子也
狻先丸切猊五奚切虥音棧貓音苗說文曰拖曳也徒可切熊獸似豕山居冬蟄歐陽尚書說曰螭猛獸也勑離切郭璞山海經注曰犀似水牛而豬

頭黑色有三蹏三角一在頂上一在額上一在鼻上又曰犛黑色出西南徼外力之切又曰象獸之最大者也長鼻大者牙長一丈爾雅曰羆似熊而黃色毛萇詩傳曰嶄巖高峻之貌也七咸切說文曰仆頓也爾雅曰殄盡也杜預左氏傳注曰夷殺也於是天子乃登屬玉之館歷長楊之榭覽山川之體勢觀三軍之殺獲原野蕭條目極四裔禽相鎮壓獸相枕藉漢書宣紀曰行幸長楊宮屬玉觀服虔曰以玉飾因名焉三輔黃圖曰上林有長楊宮爾雅曰闍謂之臺有木謂之榭辭夜切羽獵賦曰三軍忙然楚辭曰山蕭條而無獸左氏傳曰投諸四裔以禦螭魅然後收禽會衆論功賜胙陳輕騎以行炰騰酒車以斟酌割鮮野食舉烽命釂左氏傳曰歸胙于公毛詩曰炰之燔之毛萇曰以毛曰炰蒲交切子虛賦曰割鮮染輪孔安國尚書傳曰鳥獸新殺曰鮮方言曰烽虞望也郭璞曰今烽火是也說文曰釂飲酒盡子曜切饗賜畢勞逸齊大路鳴鑾容與徘徊

禮記大路者天子之車也白虎通曰天子大路周禮曰巾車掌玉輅凡馭輅儀以鑾和爲節鄭玄曰鑾在衡和在軾皆以金鈴也集乎豫章之宇臨乎昆明之池左牽牛而右織女似雲漢之無涯茂樹蔭蔚芳草被隄蘭茝發色曄曄猗猗若摛錦布繡爥燿乎其陂三輔黃圖曰上林有豫章觀漢書曰武帝發適吏穿昆明池漢宮闕疏曰昆明池有二石人牽牛織女象毛詩曰倬彼雲漢蒼頡篇曰蔚草木盛皃說文曰隄塘也都奚切爾雅曰芹茝蘼蕪郭璞曰香草也茝齒改切漢書曰華曄曄固靈根說文曰曄草木白華皃毛詩曰瞻彼淇澳綠竹猗猗毛萇曰猗猗美皃說文曰摛舒也勑離切楊雄蜀都賦曰麗靡摛爥若揮錦布繡鳥則玄鶴白鷺黃鵠鵁鸛鶬鴰鴇鶂鳧鷖鴻鴈朝發河海夕宿江漢沈浮往來雲集霧散上林賦曰轥玄鶴爾雅曰鷺舂鉏郭璞曰白鷺也說文曰鵠黃鵠也爾雅曰鴢頭鵁郭璞曰似鳧鴢烏絞切鵁呼交切毛萇詩傳曰鸛水鳥也爾雅曰鶬

麋鴰也鴰音括郭璞曰即鶬鴰也郭璞上林賦注曰鴇似鴈無後指鴇音保杜預左氏傳注曰鶂水鳥也五激切爾雅曰舒鳧鶩毛萇詩傳曰鳧水鳥鄭玄詩箋曰鷖鳧屬也毛萇詩傳曰大曰鴻小曰鴈孝經鉤命決曰雲委霧散於是後宮乘輚輅登龍舟張鳳蓋建華旗袪黼帷鏡清流靡微風澹淡浮埤蒼曰輚臥車也士眼切淮南子曰龍舟鷁首浮吹以虞桓子新論曰乘車玉爪華芝及鳳皇三蓋之屬上林賦曰乘法駕建華旗髙誘淮南子注曰袪舉也劉歆甘泉賦曰章黼黻之文帷澹淡蓋隨風之貌也澹達濫切淡徒敢切櫂女謳鼓吹震聲激越謍厲天鳥羣翔魚窺淵方言曰楫謂之櫂直教切說文曰謳齊歌也於侯切漢武帝秋風辭曰簫鼓鳴兮發櫂歌爾雅曰越揚也聲類曰謍音大也呼宏切韓詩曰翰飛厲天薛君曰厲附也說文曰翔回飛也方言曰窺視也缺規切招白鸍下雙鵠揄文竿出比目西京雜記曰閩越王獻高帝白鸍黑鸍各一雙爾雅曰下落也戰國策更嬴曰臣能虛發而下鳥說文曰揄引也音頭文竿竿

以翠羽爲文飾也毛詩曰籗籗竹竿爾雅曰東方有比目魚焉不比不行其名謂之鰈他合切撫鴻罿御矰繳方舟並鶩俛仰極樂爾雅曰繴謂之罿罿罬也竹劣切郭璞曰繴音壁尔雅曰大夫方舟郭璞曰併兩船莊子曰俛仰之閒杜預左氏傳注曰俛俯也音免遂乃風舉雲摇浮遊溥覽前乘秦嶺後越九嵕東薄河華西涉岐雍宮館所歷百有餘區行所朝夕儲不改供孔安國尚書傳曰薄迫也河黃河也華華山也漢書右扶風美陽縣有岐山又右扶風有雍縣也禮上下而接山川究休祐之所用采遊童之讙謡第從臣之嘉頌尚書曰並告無辜于上下神祇又曰望于山川列子曰昔堯理天下五十年不知天下治歟亂歟堯乃微服遊於康衢聞兒童謡曰立我蒸人莫匪爾極不識不知順帝之則漢書曰宣帝頗好儒術王褒與張子僑等並待詔所幸宮館輒爲歌頌第其高下以差賜帛也于斯之時都都相望邑邑相屬國藉

十世之基家承百年之業士食舊德之名氏農服先疇之畎畝商循族世之所鬻工用高曾之規矩粲乎隱隱各得其所周易曰食舊德貞厲終吉漢書音義如淳曰今隴西俗麻田歲歲糞種爲宿疇也尚書曰濬畎澮孔安國曰廣尺深尺曰畎古犬切淮南子曰古者至德之時賈便其肆農安其業大夫安其職而處士循其道穀梁傳曰古者有士人有商人有農人有工人若臣者徒觀迹於舊墟聞之乎故老十分而未得其一端故不能徧舉也

東都賦一首

東都主人喟然而歎曰痛乎風俗之移人也子實秦人矜夸館室保界河山信識昭襄而知始皇矣烏睹大漢之云爲乎論語曰夫子喟然歎曰吾與點也漢書曰人有剛柔緩急音聲不同繫水土之風氣故謂

之風好惡取舍動靜嗜欲故謂之俗鄭玄禮記注曰矜謂自尊大也漢書田肯曰秦帶河阻山史記曰秦武王卒無子立異母弟是爲昭襄王又曰莊襄王卒子政立是爲始皇帝也

夫大漢之開元也奮布衣以登皇位由數朞而創萬代蓋六籍所不能談前聖靡得言焉

漢書高祖曰吾以布衣提三尺劒取天下高祖五年誅項羽故曰數朞也孔安國尚書傳曰帀四時曰朞六籍六經也封禪書曰六經載籍之傳左氏傳曰籍談司晉之典籍

當此之時功有横而當天討有逆而順民故婁敬度勢而獻其說蕭公權宜而拓其制時豈泰而安之哉計不得以已也

婁敬已見上文凡人姓名皆不重見餘皆類此漢書曰蕭何脩未央宮上見其壯麗甚怒何曰天下方未定故可因遂就宮室且夫天子以四海爲家非壯麗無以重威且毋令後代有以加也上說之

吾子曾不是睹顧曜後嗣之末造不亦暗乎

言吾子不覩度勢權宜之由反以後

嗣末造而自眇曜不亦暗乎言暗之甚也儀禮曰願吾子教之鄭玄曰吾子相親辭也吾我也子男子美稱**今將語子以建武之治永平之事監于太清以變子之惑志**東觀漢記曰建武光武年號也永平孝明年號也淮南子曰太清之化也和順以寂漠質直以素樸高誘曰太清無爲之化**往者王莽作逆漢祚中缺天人致誅六合相滅**漢書曰王莽字巨君王皇后之弟子也初居攝後即天子位賈逵國語注曰祚位也尚書曰我則致天之罰六合已見上文**于時之亂生人幾亡鬼神泯絶壑無完柩郛罔遺室原野厭人之肉川谷流人之血秦項之災猶不克半書契以來未之或紀**尚書曰生人保厥居杜預左氏傳注曰幾近也渠機切周禮大宗伯掌天神人鬼之祀禮記曰在牀曰尸在棺曰柩杜預左氏傳注曰郛郭也芳俱切楊子法言秦將白起長平之戰四十萬人死原野厭人之肉川谷流人之血史記曰周孝王分非子土爲附庸邑秦至始皇

初并天下又曰項籍下相人自立爲西楚伯王周易曰上古結繩後代聖人易之以書契故下人號而上訴上帝懷而降鑒乃致命乎聖皇尚書曰並告無辜于上下神祇孔安國曰言百姓兆人訴天地也毛詩曰皇矣上帝又曰天命降監下人有嚴命于下國封建厥福於是聖皇乃握乾符闡坤珍披皇圖稽帝文赫然發憤應若興雲霆擊昆陽憑怒雷震謂光武也東觀漢記曰光武皇帝諱秀王莽末荆州下江平林兵起王匡王鳳爲之渠率上遂率舂陵子弟隨之王莽懼遣大司徒王尋大司空王邑將兵來征上入昆陽城中兵下昆陽轂少留王鳳令守城夜出城南門二公兵到遂還昆陽城時上遂選精兵三千人奔陳二公大奔北殺王尋昆陽城中兵亦出中外並擊二公大衆遂潰亂奔走赴水溺死以萬數滍水爲之不流爾雅曰疾雷爲霆左氏傳吳子之弟蹶由謂楚子曰今君奮焉震雷憑怒遂超大河跨北嶽立號高邑建都河洛東觀漢記曰聖公爲天子以上爲大司馬遣之河北安集百姓尚書曰至

于北岳東觀漢記曰諸將請上尊號皇帝於是乃命有
司設壇場于鄗之陽千秋亭五成陌皇帝即位改鄗爲
高邑又曰建武元年十月車駕入洛陽遂定都
焉春秋漢含孳曰天子受符以辛日立號也**紹百王**
之荒屯因造化之盪滌禮記曰百王之所同古今之所
一也淮南子大丈夫恬然無爲
與造化逍遥高誘曰造化天地也
樂緯曰殷湯改制易正蕩滌故俗**體元立制繼天而作**
左氏傳元年春正月公即位春秋元命苞曰元年者何
元宜爲一謂之元何曰君之始年也杜預左氏傳注曰
見人君即位欲其體元以居正穀梁傳曰爲天
下主者天也繼天者君也周易曰神農氏作**系唐統**
接漢緒茂育羣生恢復疆宇勳兼乎在昔事勤乎三
五爾雅曰系繼也奚計切漢書劉向高祖頌曰漢帝本
系出自唐帝孔安國尚書傳曰堯以唐侯升爲天子
東觀漢記曰光武皇帝高祖九葉孫漢書王太后詔曰
奉天地而成施化羣生而茂育漢書曰羣生堪堪音湛
國語曰古曰在昔昔曰先人史記楚子西曰孔丘述三
五之法明周召之業春秋元命苞曰伏羲女媧神農爲

三皇史記五帝本紀曰黃帝顓頊帝嚳帝堯帝舜也豈特方軌並跡紛綸后辟治近古之所務蹈一聖之險易云爾哉險易喻治亂也周易曰辭有險易也且夫建武之元天地革命四海之內更造夫婦肇有父子君臣初建人倫寔始斯乃伏犧氏之所以基皇德也周易曰天地革而四時成又曰湯武革命爾雅曰九夷八蠻六戎五狄謂之四海周易曰有天地然後有萬物有萬物然後有男女有男女然後有夫婦有夫婦然後有父子有父子然後有君臣毛詩序曰厚人倫禮含文嘉曰伏犧德洽上下始畫八卦分州土立市朝作舟輿造器械斯乃軒轅氏之所以開帝功也漢書曰昔在黃帝畫野分州周易曰神農氏日中爲市致天下之人聚天下之貨黃帝堯舜氏刳木爲舟剡木爲楫禮記曰聖人殊徽號異器械鄭玄曰器械禮樂之器及兵甲也史記曰黃帝名軒轅龔行天罰應天順人斯乃湯武之所以昭王

業也尚書武王曰今予惟龔行天之罰周易曰湯武革命應乎天而順乎人禮含文嘉曰湯武順人心應於天史記曰天乙立是爲成湯湯伐夏桀桀奔于鳴條湯踐天子位又曰文王太子發之立是爲武王伐殷紂紂走自燔死武王華殷受天明命毛詩序曰七月陳王業也遷都改邑有殷宗中興之則焉尚書曰盤庚遷於殷史記盤庚之時殷已都河北盤庚渡河南復居成湯之故都行湯之政然後殷復興也謂盤庚爲宗班之誤歟即土之中有周成隆平之制焉尚書召誥曰王來紹上帝自服于土中孔安國曰今來居洛邑地勢之中也春秋命厤序曰成康之隆醴泉踊出孝經鉤命決曰俱在隆平優劣殊跡不階尺土一人之柄同符乎高祖孟子曰紂之去武丁未久也尺地莫非其有也一人莫非其臣也又曰舜文王相去千有餘歲若合符節也克己復禮以奉終始允恭乎孝文論語顏回問仁子曰克己復禮爲仁孫卿子曰生人之始也死人之終也終始俱善人道必矣尚書曰允恭克讓漢書曰孝文皇帝高帝中子也荀悅曰諱恒憲

章稽古封岱勒成儀炳乎世宗司馬彪續漢書曰建武三十二年上齋讀河圖會昌符言九葉封禪禮記曰仲尼憲章文武尚書云粤若稽古帝堯漢書武紀曰上登封泰山又宣紀曰尊孝武皇帝廟爲世宗廟案六經而校德眇古昔而論功仁聖之事既該而帝王之道備矣至乎永平之際重熙而累洽盛三雍之上儀脩袞龍之法服鋪鴻藻信景鑠揚世廟正雅樂人神之和允洽羣臣之序既肅東觀漢記曰孝明皇帝光武中子也以東海王爲皇太子光武崩皇太子即位永平二年正月上宗祀光武皇帝於明堂祀畢登靈臺二月上初臨辟雍行大射禮漢書曰武帝時河間獻王來朝對三雍宮應劭曰辟雍明堂靈臺也東觀漢記永平二年上及公卿列侯始服冕冠衣裳周禮曰王之吉服享先王即袞冕鄭玄曰袞卷龍衣也續漢書曰明帝爲光武起廟號世祖廟東觀漢記孝明詔曰琁璣鈐曰有帝漢出德洽作樂名雅會明帝改其名郊廟樂曰太予樂正樂官曰太

予樂官以應圖讖乃動大輅遵皇衢省方巡狩躬覽萬國之有無考聲教之所被散皇明以燭幽東觀漢記曰永平二年十月西巡幸長安周易曰風行地上觀先王以省方觀民設教也禮記逸禮曰王者以巡狩之禮尊天重人也巡狩者何巡者循也狩牧也謂天子巡行守牧也有無謂風俗善惡也尚書曰東漸于海西被于流沙朔南暨聲教然後增周舊脩洛邑扇巍巍顯翼翼光漢京于諸夏總八方而爲之極論語子曰巍巍乎舜禹之有天下也毛詩曰商邑翼翼四方之極諸夏已見西都賦其異篇再見者並云已見某篇佗皆類此於是皇城之內宮室光明闕庭神麗奢不可踰儉不能侈言奢儉合禮故奢者不可而踰儉者不能更侈外則因原野以作苑填流泉而爲沼發蘋藻以潛魚豐圃草以毓獸制同乎梁鄒誼合乎靈囿順流泉而爲沼不更穿之也昭明諱順故

攺爲塡毛詩曰魚在在藻蘋亦水草故連言之說文曰
潛藏也韓詩曰東有圃草薛君曰圃博也有博大茂草
也毓與育音義同毛詩傳曰古有梁鄒梁鄒
者天子之田也毛詩曰王在靈囿麀鹿攸伏若乃順時
節而蒐狩簡車徒以講武則必臨之以王制考之以風
雅左氏傳臧僖伯曰春蒐夏苗秋獮冬狩皆於農隙以
講事也又曰大閱簡車馬講武已見上文禮記王制
曰天子諸侯無事則歲三田田不以禮曰暴天物
風國風騶虞駟鐵是也雅小雅車攻吉日是也歷騶
虞覽駟鐵嘉車攻采吉日禮官整儀乘輿乃出毛詩
序曰
騶虞蒐田以時仁如騶虞也又曰駟鐵美襄公也始命
有田狩之事又曰車攻宣王復會諸侯於東都因田獵
而選車徒焉又曰吉日美宣王也能愼微接下無不自
盡以奉其上焉漢書景帝詔曰禮官具禮儀乘輿巳見
上
文於是發鯨魚鏗華鐘尚書大傳曰天子左五鐘天子
將出則撞黄鐘右五鐘皆應薛
綜西京賦注曰海中有大魚曰鯨海邊又有獸名蒲牢
蒲牢素畏鯨鯨魚擊蒲牢輒大鳴凡鐘欲令聲大者故

作蒲牢於上所以撞之者爲鯨魚鐘有篆刻之文故曰華也　登玉輅乘時龍鳳蓋棽麗龢鑾玲瓏天官景從寢威盛容 輅已見西都賦周易曰時乘六龍鳳蓋已見上文劉歆七略曰羽蓋棽麗紛循悠悠說文曰棽大枝條棽音林麗音離和鑾已見上文埤蒼曰玲瓏玉聲也玲力經切瓏力東切蔡雍獨斷百官小吏曰天官焦貢易林曰龍渴求飲黑雲景從寢威寢其威武也寢或爲侵龢與和音義通　山靈護野屬御方神雨師汎灑風伯清塵 山靈山神也屬御屬車之御也方神四方之神也韓子曰師曠謂晉平公曰黃帝合鬼神於太山之上風伯進掃雨師灑道風俗通曰雨師畢星也風伯箕星也　千乘雷起萬騎紛紜元戎竟野戈鋋彗雲羽旄掃霓旌旗拂天 蔡雍獨斷曰大駕備千乘萬騎毛詩曰元戎十乘以先啓行說文曰鋋小矛也音潺又曰彗掃竹也蘇類切左氏傳曰晉人假羽旄於鄭　焱焱炎炎揚光飛文吐爓生風欲野歕山日月爲之奪明丘陵爲

之摇震說文曰燄火華也弋𨦺切字林曰炎火光于拑切說文曰欱歠也火合切歕吹氣也敷悶切公羊傳曰地震者何地動也震協韻音真遂集乎中囿陳師按屯騈部曲列校隊勒三軍誓將帥毛詩曰陳師鞠旅漢書音義臣瓚曰律說云勒兵而守曰屯部曲已見上文騈猶併也步田切漢書曰從胡人大校獵如淳曰合軍聚衆有幡校聲鼓也杜預左氏傳注曰百人爲一隊徒對切然後舉烽伐鼓申令三驅輶車霆激驍騎電騖毛詩曰鉦人伐鼓鉦之成切孔安國尚書傳曰師出以律三申令之重難之義周易曰王用三驅失前禽也毛詩曰輶車鑾鑣毛萇曰輶輕也說文曰驍良馬也由基發射范氏施御弦不睼禽轡不詭遇飛者未及翔走者未及去左氏傳曰養由基蹲甲而射之徹七札焉括地圖曰夏德盛二龍降之禹使范氏御之以行經南方孟子曰趙簡子使王良與嬖奚乘終日不獲一禽反曰天下賤工也王良請復之一朝而獲十反曰良工也簡子曰吾使汝掌乘王良曰不可吾爲範我

驅馳終日不獲一馬爲之詭遇一朝而獲十劉熙曰横而射之曰詭遇説文曰睼視也音遞指顧倏忽獲車巳實樂不極盤殺不盡物馬踠餘足士怒未渫先驅復路屬車案節倏忽疾也高唐賦曰舉功先得獲車巳實鄭玄禮記注曰極盡也爾雅曰盤樂也踠屈也於遠切先驅則前驅也周禮曰王出入則自左馭而前驅漢書音義曰大駕車八十一乗作三行子虛賦曰案節未舒也於是薦三犧效五牲禮神祇懷百靈左氏傳鄭子大叔曰爲五牲三犧杜預曰五牲麋鹿麏狼兎三犧祭天地宗廟三者之犧也周禮曰大宗伯掌天神地祇之禮然天神曰神地神曰祇也毛詩曰懷柔百神覲明堂臨辟雍揚緝熙宣皇風登靈臺考休徵東觀漢記曰永平三年正月上宗祀光武皇帝於明堂禮畢升靈臺三月上初臨辟雍行大射禮周書曰明堂者明諸侯之尊卑也故周公建焉而朝諸侯於明堂之位制禮樂頒度量禮記曰天子辟雍毛詩曰維清緝熙文王之典鄭玄毛詩箋曰天子有靈臺所以觀祲象察氣之妖

祥也尚書曰休徵孔安國曰叙美行之驗也俯仰乎乾坤參象乎聖躬周易曰庖犧氏
仰則觀象於天俯則觀法於地近取諸身遠取諸物目中夏而布德瞰四裔而抗
稜禮記曰布德和令字書曰瞰望也苦暫切漢書詔曰投諸四裔又曰威稜憺乎鄰國李奇曰神靈之威曰
稜西盪河源東澹海漘北動幽崖南燿朱垠漢書曰漢使張騫窮
河源案古圖書名河所出曰崐崘墟毛詩曰寘之河之漘兮毛萇曰漘厓也尚書曰宅朔方曰幽都朱垠南方
也甘泉賦曰南煬丹崖殊方別區界絕而不鄰自孝武之所不征
孝宣之所未臣莫不陸讋水慄奔走而來賓孝武燿威匈奴遠懾
孝宣脩德呼韓入臣舉前代之盛猶不如今說文曰讋失氣也章涉切遂綏哀牢開永昌
東觀漢記曰以益州徼外哀牢王率衆慕化地曠遠置永昌郡也春王三朝會同漢京
是日也天子受四海之圖籍膺萬國之貢珍內撫諸

夏外綏百蠻
漢書董仲舒策曰春秋之文正次王王次
春春者天之所爲也正者王之所爲也三
朝歲首朔日也漢書谷永上書曰今年正月朔日有蝕
之於三朝之會周禮曰時見曰會殷覜曰同賈逵國語
注曰膺猶受也諸夏巳見上文其事煩巳重見及易知
者直云巳見上文而它皆類此毛詩曰因時百蠻也

爾乃盛禮興樂供帳置乎雲龍之庭陳百寮而贊羣后究皇儀而展帝容
漢書成紀曰三輔長無供帳繇役
之勞張晏曰帳帷帳也洛陽宫舍
記有雲龍門百僚巳見上
文尚書曰班瑞于羣后

於是庭實千品旨酒萬鍾列金罍班玉觴嘉珍御太牢饗
左氏傳孟獻子言於公曰
臣聞聘而獻物於是有庭
實旅百毛詩曰我有旨酒說文曰鍾酒器也孔叢子曰
堯飲千鍾毛詩曰我姑酌彼金罍漢書音義曰觴爵也
珍八珍也大戴
禮曰牛曰太牢

爾乃食舉雍徹太師奏樂陳金石布絲竹鐘鼓鏗鎗管絃燁煜
蔡雍禮樂志曰漢樂有四品一
天子樂郊祀陵廟殿中諸會食

舉也禮記曰客出以雍徹周禮曰太師下大夫又曰播之以八音金石土革絲木匏竹鄭玄曰金鐘鎛也石磬也土塤也革鼓鼗也絲琴瑟也木柷敔也匏笙也竹管簫也禮記曰子夏曰鐘聲鏗鏗苦耕切鏑亦聲也呼萌切焟煜聲之盛煜由鞫切**抗五聲極六律歌九功舞八佾韶武備泰古畢**左氏傳曰子曰五聲六律杜預曰五聲宮商角徵羽也六律黃鐘太蔟姑洗蕤賓夷則無射陽爲律陰爲呂此十二月之氣也尚書禹貢曰水火金木土穀惟修正德利用厚生惟和九功惟敘九序惟歌穀梁傳曰舞夏天子八佾馬融論語注曰佾列也八人爲列八八六十四人也論語曰子謂韶盡美矣又盡善也謂武盡美矣未盡善也泰古泰古之樂也**四夷間奏德廣所及傑佅兜離罔不具集**孔安國尚書傳曰間迭也古莧切毛萇詩傳曰僸四夷之樂大德廣所及也孝經鉤命決曰東夷之樂曰佅南夷之樂曰任西夷之樂曰林離北夷之樂曰僸毛萇詩傳曰東夷之樂曰韎南夷之樂曰任西夷之樂曰朱離北夷之樂曰禁然說樂是一而字並不同蓋古音有輕重也僸音禁佅莫芥切兜丁侯切**萬樂備百**

禮暨皇歡浹群臣醉降烟煴調元氣（毛詩曰烝畀祖妣以洽百禮周易曰天地絪縕万物化醇春秋命歷序曰元氣正則天地八卦孳也）然後撞鐘告罷百寮遂退（撞猶擊也尚書大傳曰天子將入則撞蕤賓之鐘左五鐘皆應之）於是聖上覩萬方之歡娛又沐浴於膏澤懼其侈心之將萌而怠於東作也（孝經曰故得萬國之歡心沐浴膏澤巳見西都賦尚書曰分命羲叔平秩東作）乃申舊章下明詔命有司班憲度昭節儉示太素去後宮之麗飾損乘輿之服御抑工商之淫業興農桑之盛務遂令海內棄末而反本背僞而歸眞女脩織紝男務耕耘器用陶匏服尚素玄恥纖靡而不服賤奇麗而弗珍捐金於山沈珠於淵（左氏傳季桓子曰舊章不可忘也漢書曰文帝躬節儉素也漢書詔曰農天下之大本也而人

或不務本而事末故生不遂李奇曰本農也末賈也淮南子曰守道順理者不免於飢寒之患而欲民之去末反本是猶發其源而壅其流也禮記曰女織絍組紃杜預左氏傳注曰織絍繒布也毛萇詩傳曰耘除草也禮記曰器用陶匏尚禮殺也莊子曰捐金於山藏珠於淵不利貨財不尚富貴也

於是百姓滌瑕盪穢而鏡至清形神寂漠耳目弗營嗜欲之源滅廉恥之心生莫不優游而自得玉潤而金聲

揚雄集曰滌瑕蕩穢而猶若然毛萇詩傳曰瑕猶過也字書曰穢不絜清也淮南子曰鏡大清者視大明又曰形者生之舍也神者生之制也又曰和順以寂漠尚書曰弗役耳目百度惟貞淮南子曰至人之治也除其嗜欲優游委縱又曰吾所謂有天下者自得而已禮記孔子曰君子比德於玉焉溫潤而澤仁也尚書傳曰天下諸侯受命於周莫不磬折玉音金聲

是以四海之內學校如林庠序盈門獻酬交錯俎豆莘莘下舞上歌蹈德詠仁

漢書曰平帝立學官郡國曰學縣道侯國曰校

鄉曰庠聚曰序韋昭曰小於鄉曰聚尚書曰受率其旅若林毛詩曰韓侯顧之爛其盈門又曰獻酬交錯論語孔子曰俎豆之事則嘗聞之矣毛萇詩傳曰莘莘衆多也莘所巾切禮記曰歌者在上匏竹在下貴人聲也詩序曰嗟嘆之不足故詠歌之詠歌之不足不知手之舞之足之蹈之也**登降飫宴之禮既畢，因相與嗟歎玄德，讜言弘說，咸含和而吐氣，頌曰：盛哉乎斯世！**毛詩曰儐爾籩豆飲酒之飫毛萇曰不脫屨升堂謂之飫薛君韓詩章句曰飲酒之禮下跣而上坐者謂之宴尚書曰玄德升聞乃命以位字林曰讜美言也音黨淮南子曰故聖人執中含和不下廟堂而行于四海**今論者但知誦虞夏之書，詠殷周之詩，講羲文之易，論孔氏之春秋，罕能精古今之清濁，究漢德之所由。**尚書有虞書夏書毛詩有周詩商頌周易曰古者庖犧氏始作八卦以通神明之德以類萬物之情又曰易之興也其當殷之末世周之盛德邪當文王與紂之事邪史記孔子曰吾道不行矣乃因史記作春秋**唯**

子頗識舊典又徒馳騁乎末流温故知新已難而知德者鮮矣班固漢書游俠傳論曰不入於道德苟放縱於末流論語曰温故而知新可以爲師矣又曰由知德者鮮矣且夫僻界西戎險阻四塞脩其防禦孰與處乎土中平夷洞達萬方輻湊史記曰秦僻在雍州毛詩序秦風曰襄公能備其兵甲以討西戎戰國策蘇秦説孟嘗君曰秦四塞之國也高誘曰四面有山關之固故曰四塞之國防禦已見上文文子曰羣臣輻湊張湛曰如衆輻之集於轂漢書上曰智略輻湊秦嶺九嵕則工切涇渭之川曷若四瀆五嶽帶河泝洛圖書之淵爾雅曰江河淮濟爲四瀆又曰泰山爲東岳霍山爲南岳華山爲西岳恒山爲北岳嵩高山爲中岳周易曰河出圖洛出書聖人則之建章甘泉館御列仙孰與靈臺明堂統和天人建章甘泉已見上文禮含文嘉曰天子靈臺以考觀天人之際法陰陽之會也太液昆明鳥獸之囿

曷若辟雍海流道德之富白虎通曰天子立辟雍者何所以宣德化也壅以水象教化流行也三輔黄圖曰辟雍水四周於外象四海也游俠踰侈犯義侵禮孰與同履法度翼翼濟濟也游俠已見上文漢帝年紀曰禁踰侈爾雅曰翼翼恭也毛詩曰濟濟多士毛萇曰多威儀也子徒習秦阿房之造天而不知京洛之有制也識函谷之可關而不知王者之無外也史記曰秦皇上林苑中作阿房宮未成欲更擇令名作宮阿房故天下謂之阿房宮公羊傳曰天王出居于鄭王者無外此其言出何不能于母弟也主人之辭未終西都賓矍然失容逡巡降階惵然意下捧手欲辭主人曰復位今將授子以五篇之詩説文曰矍矍驚視貌也許縛切公羊傳趙盾逡巡北面再拜郭璞爾雅注曰逡巡却去也周書曰臨攝以威面氣惵惵猶恐懼也徒頰切孔子三朝記曰孔子受業而有疑捧手問之不當避席賓既卒

業乃稱曰美哉乎斯詩義正乎楊雄事實乎相如匪唯主人之好學蓋乃遭遇乎斯時也小子狂簡不知所裁既聞正道請終身而誦之其詩曰楊雄相如辭賦之高者故假以言焉非唯主人好學而富乎辭藻抑亦遭遇太平之時禮文可述也論語子曰吾黨之小子狂簡斐然成章不知所以裁之又曰不忮不求何用不臧子路終身誦之

明堂詩

於昭明堂明堂孔陽毛詩曰於昭于天又曰我朱孔陽聖皇宗祀穆穆煌煌孝經曰宗祀文王於明堂以配上帝毛詩曰穆穆皇皇宜君宜王上帝宴饗五位時序漢書曰天神之貴者太一其佐曰五帝河圖曰蒼帝神名靈威仰赤帝神名赤熛怒黃帝神名含樞紐白帝神名白招拒黑帝神名汁光紀楊雄河東賦曰靈祇既饗五位時序誰其配之世祖

光武東觀漢記曰明帝宗祀五帝於明堂光武皇帝配之左氏傳輿人誦子産若死其誰嗣之普天率土各以其職毛詩曰普天之下莫非王土率土之濱莫非王臣孝經子曰四海之内各以其職來祭猗歟緝熙允懷多福毛詩曰猗歟那歟緝熙已見上文尚書曰兆人允懷又曰永膺多福

辟雍詩

乃流辟雍辟雍湯湯孔安國尚書傳曰湯湯流貌聖皇莅止造舟爲梁毛詩曰方叔涖止又曰造舟爲梁皤皤國老乃父乃兄說文曰皤老人貌也蒲河切禮記曰養國老於上庠孝經援神契曰天子尊事三老兄事五更應劭漢官儀曰天子父事三老抑抑威儀孝友光明毛詩曰威儀抑抑爾雅曰善事父母爲孝善事兄弟爲友於赫太上示我漢行毛詩曰於赫湯孫漢書上令薄昭與淮南厲王書曰王欲以親戚之意望於太上如淳曰

太上天子也毛詩曰示我顯德行洪化惟神永觀厥成文子曰執玄德於心化馳如神毛詩曰我客戾止永觀厥成

靈臺詩

乃經靈臺靈臺既崇毛詩曰經始靈臺經之營之帝勤時登爰考休徵東觀漢記曰永平二年詔曰登靈臺正儀度休徵已見上文三光宣精五行布序淮南子曰夫道紘宇宙而章三光高誘曰三光日月星也尚書曰五行一曰水二曰火三曰木四曰金五曰土也習習祥風祁祁甘雨毛詩曰習習谷風禮斗威儀曰君乘火而王其政頌平則祥風至宋均曰即景風也其來長養萬物毛詩曰興雨祁祁尚書考靈燿曰熒惑順行甘雨時也百穀蓁蓁庶草蕃音緐廡音武韓詩曰帥時農夫播厥百穀薛君曰穀類非一故言百也又曰蓁蓁者莪薛君曰蓁蓁盛貌也尚書曰庶草蕃廡屢惟豐年於皇樂胥毛詩

曰綏萬國屢豐年又曰於
皇時周又曰君子樂胥

寶鼎詩

嶽脩貢兮川效珍吐金景兮歊浮雲說文曰歊氣上出貌呼朝切寶鼎見兮色紛縕煥其炳兮被龍文東觀漢記曰永平六年廬江太守獻寶鼎出王雒山漢書曰武帝爲人祠后土營旁得鼎有黃雲焉公卿大夫議尊寶鼎有司曰今鼎至甘泉光潤龍變承休無疆也登祖廟兮享聖神昭靈德兮彌億年東觀漢記明帝曰太常其以初祭之日陳鼎於廟以備器用尚書曰公其以予萬億年敬天之休

白雉詩

啓靈篇兮披瑞圖獲白雉兮效素烏范曄後漢書曰永平十年白雉所在出焉東觀漢記章帝詔曰乃者白烏神雀屢臻降自京師也嘉祥阜兮集皇都

發皓羽兮奮翹英容絜朗兮於純精楚辭曰砥室翠翹絓曲瓊王逸曰翹羽名彰皇德兮侔周成永延長兮膺天慶韓詩外傳曰成王之時越裳氏獻白雉於周公河圖曰謀道吉謀德吉能行此大吉受天之慶也

文選卷第一

賜進士出身通奉大夫江南蘇松常鎮太等處承宣布政使司布政使胡克家重校刊

文選卷第二

梁昭明太子撰

文林郎守太子右內率府録事參軍事崇賢館直學士臣李善注上

京都上

西京賦一首

張平子 善曰范曄後漢書曰張衡字平子南陽西鄂人也少善屬文時天下太平日久自王侯以下莫不踰侈衡乃擬班固兩都作二京賦因以諷諫十年乃成安帝雅聞衡善術學公車徵拜郎中出爲河間相乞骸骨徵拜尚書卒楊泉物理論曰平子二京文章卓然

薛綜注 善曰舊注是者因而留之並於篇首題其姓名其有乖繆臣乃具釋並稱臣善

以別之他皆類此

有憑虛公子者憑依託也虛無也言無有此公子也善曰博物志曰王孫公子皆古人相推敬之辭憑皮兵切心奓體忲奓忲言公子生於貴戚心志奓溢體安驕泰也泰或謂忲習之忲言習於麗好也善曰聲類曰奓侈字也昌氏切小雅曰狃忲也雅好博古學乎舊史氏言公子雅性好博知古事故學於舊史舊史太史掌圖典者也是以多識前代之載善曰劉向七言曰博學多識與凡殊小雅曰載事也言於安處先生公子爲先生言也安處猶烏處若言何處亦謂無此先生也鄭玄禮記注曰先生老人教學者曰夫人在陽時則舒在陰時則慘此牽乎天者也陽謂春夏陰謂秋冬牽猶繫也善曰春秋繁露曰春之言猶偆也偆者喜樂之貌也秋之言猶湫也湫者憂悲之狀也偆充尹切湫子由切處沃土則逸處瘠土則勞此繫乎地者也善曰國語公甫文伯之母曰沃土之人不材淫也瘠

土之人莫不向義勞也韋昭曰磽埆爲瘠沃肥美也慘則尠於驩勞則褊於惠能違之者寡矣違猶易也言人慘戚則不能以驩逸勞苦則不能以施惠少有能易此者善曰尠少也與鮮通也廣雅曰褊狹也畀緬切小必有之大亦宜然小謂庶人大謂王者善曰庶人因沃瘠而勞逸殊王者亦因險易而彊弱異也故帝者因天地以致化兆人承上教以成俗言帝王必欲順陽時居沃土歡逸其人使下承而化之以成奢泰之俗善曰管子曰君據法而出令百姓順上而成俗化俗之本有與推移言化之本還與沃瘠相隨遂推移也善曰淮南子曰法其所以爲法與化推移也何以覈諸覈驗也胡革切秦據雍而彊周即豫而弱高祖都西而泰光武處東而約政之興衰恒由此作作起也善曰過秦論曰秦孝公據雍州之地呂氏春秋曰河漢之閒爲豫州也按雍州厥土惟黄壤厥田惟上上是沃土也故云秦據雍而彊高祖都西而泰荊河惟豫州厥土惟墳

墟厥田惟中上是瘠土也故云周即豫而弱光武處東而約左傳晉叔向曰存亡之道恒由此與周禮曰夫筋之所由憯恒由此作**先生獨不見西京之事歟請爲吾子陳之**善曰鄭玄禮記注曰吾子相親之辭也**漢氏初都在渭之涘**涘涯也善曰漢書東方朔曰漢都涇渭之南毛詩曰在渭之涘**秦里其朔寔爲咸陽**里居也朔北也寔是也秦地居其北是曰咸陽善曰史記曰秦孝公作咸陽徙都之**左有崤函重險桃林之塞**崤及函谷關桃林皆在長安東故言左善曰殽函已見西都賦左氏傳曰以守桃林之塞按桃林弘農在閿鄉南谷中**綴以二華巨靈贔屓高掌遠蹠以流河曲厥跡猶存**華山名也巨靈河神也巨大也古語云此本一山當河水過之而曲行河之神以手擘開其上足蹋離其下中分爲二以通河流手足之跡于今尚在贔屓作力之貌也善曰賈逵國語注曰綴連也山海經曰太華之西少華之山遁甲開山圖曰有巨靈胡者徧得坤元之道能造山川出江河楊雄河東賦曰河靈矍踢掌

華蹈襄贔扶祕切屭許備切蹠之石切矍居縛切踢丑略切右有隴坻之隘隔閡華
戎善曰漢書音義應劭曰天水有大阪曰隴坻丁禮切廣雅曰隘狹也說文曰隔塞也小雅曰閡限也五代
切岐梁汧雍說文曰岐山在長安西美陽縣界山有兩岐因以名焉善曰漢書右扶風好時縣有
梁山又汧山在扶風汧縣西汧音牽陳寶鳴雞在焉善曰漢書曰秦文公獲若石于陳倉
北坂城祠之其神光輝若流星從東方來集于祠城則若雄雉其聲殷殷云野雞夜鳴以一太牢祠之名曰陳寶應
劭曰時以寶瑞作陳寶祠在陳倉故曰陳寶於前則終南太一二山名也善曰尚書曰終
南惇物至于鳥鼠漢書曰太一山古文以爲終南五經要義曰太一一名終南山在扶風武功縣此云終南太一不得爲一山明矣
蓋終南南山之總名太一一山之別號耳隆崛崔崒隱轔鬱律山形容也善曰埤蒼
曰崛特起也魚勿切崔徂回切崒情律切轔憐軫切連岡乎嶓冢善曰爾雅曰山脊曰岡尚書曰道嶓冢至于荊
山嶓音波抱杜含鄠音戶杜陵鄠縣言終南太一含褁之欲灃吐鎬善曰灃鎬二水名也已見西都

賦說文曰欲歠歠也呼合切歠昌悅切**爰有藍田珍玉是之自出**藍田弘農縣也善曰爾雅曰爰有寒泉范子計然曰玉英出藍田是之自出謂玉出自藍田之中也**於後則高陵平原據渭踞涇**善曰爾雅曰大阜曰陵又曰高平曰原毛萇詩傳曰據依也大戴禮曰獨坐不踞然踞却倚也音據**澶漫靡迤作鎮於近**澶漫靡迤陵原之形爲作近鎮也善曰子虛賦曰登降迤靡案衍澶漫澶徒旦切漫莫半切**其遠則九嵕甘泉涸陰沍寒日北至而含凍此焉清暑**九嵕甘泉其處常陰寒日北至謂夏至時猶沍寒而有凍帝或避暑於甘泉宮故云清暑善曰左氏傳申豐曰涸陰沍寒沍胡故切漢書曰夏至于東井北近極故晷短爲温暑上林賦曰盛夏含凍裂地**爾乃廣衍沃野厥田上上**善曰鄭玄周禮注下平曰衍漢書曰秦地沃野千里尚書雍州曰厥田惟上上**寔惟地之奧區神皐**神皐接神之聲善曰漢書曰自古以雍州積高神明之隩故立畤郊上帝諸神祠皆聚之廣雅曰皐局也謂神

明之界局也昔者大帝説秦繆公而覲之饗以鈞天廣樂帝有醉焉乃爲金策錫用此土而翦諸鶉首大帝天也翦盡也善曰山海經曰浪風之山或上倍之是謂玄圃或上倍之是謂大帝之居史記曰趙簡子疾扁鵲視之曰昔繆公常如此七日而寤寤之日告公孫支曰我之帝所甚樂帝告我晉國且大亂令主君之疾與之同二日簡子寤曰我之帝所甚樂與百神遊于鈞天廣樂九奏萬舞不類三代之樂其聲動心虞喜志林曰喭曰天帝醉秦暴金誤隕石墜謂秦繆公夢天帝奏鈞天樂已有此喭列仙傳讃曰秦繆公受金策祚世之業漢書曰自井至柳謂之鶉首之次秦之分也盡取鶉首之分爲秦之境也是時也並爲彊國者有六韓魏燕趙齊楚然而四海同宅西秦豈不詭哉宅居也詭異也初繆公夢然後六國竟滅秦秦果并而居之豈不異哉自我高祖之始入也五緯相汁以旅于東井善曰五緯五星也漢書曰漢元年十月五星聚于東井沛公至灞上又曰此高祖受命之符已見西

都賦方言曰汁叶也之十切郭璞曰叶和也婁敬委輅幹非其議善曰漢書婁敬脫輓委輅曰臣願見上言便宜又説上曰陛下都洛陽不如入関中言婁敬貧乏之人不合干上妄議其説允合帝心漢書音義應劭曰輅謂以木當胷以輓輂也輅胡格切幹音干薛君韓詩章句曰幹正也謂以其議非而正之天啓其心謂五星聚也人惎之謀惎教也謂婁敬之謀善曰惎音忌及帝圖時意亦有慮乎神祇宜其可定以爲天邑言高帝圖此居之時意亦以慮於天地陰陽而思可宜定以爲天邑善曰爾雅曰圖謀也尚書曰肆予敢求尔于天邑商豈伊不虔思于天衢伊惟也虔敬也言此時豈惟不敬思居天氣四交之處邪謂東京也豈伊不懷歸于枌榆懷思也枌榆豐社高祖所起也豈惟不思歸處枌榆社之域都於洛邑也善曰漢書曰高祖禱豐枌榆社張晏曰枌白榆也社在豐東北一十五里是也天命不滔疇敢以渝渝易也天使都長安謂五星聚于東井也善曰左氏傳子高曰天命不滔滔與謟音義同於

是量徑輪考廣袤南北爲徑東西爲廣善曰周禮大司徒掌九州之地廣輪之數鄭玄曰輪縱也說文曰南北曰袤莫又切經城洫營郭郛洫域池也善曰周禮曰廣八尺深八尺謂之洫呼域切公羊傳曰郛者何域外大郭也芳俱切取殊裁於八都豈啓度於往舊裁制也八都猶八方也啓開也言采取八方異制以爲宮室之巧非復遵往日之故法也乃覽秦制跨周法跨越也因秦制故曰覽比周勝故曰跨之也狹百堵之側陋增九筵之迫脅詩曰築室百堵今以爲陋周禮明堂九筵今又增之也善曰以九筵爲迫脅故增廣之周禮曰明堂度九筵東西九筵各九尺正紫宮於未央表嶢闕於閶闔天有紫微宮王者象之紫微宮門名曰閶闔宮門立闕以爲表嶢者言高遠也善曰辛氏三秦記曰未央宮一名紫微宮然未央爲總稱紫宮其中別名疏龍首以抗殿狀巍峩以岌嶪抗舉也善曰三輔黄圖曰日營未央因龍首以制前殿上林賦曰嵯峨嶕嶫此之謂也亘雄虹之長梁

亘徑度也虹蝃蝀也謂殿梁皆徑度朱畫五色如蝃蝀蝃蝀有雌雄雄者色鮮好也善曰楚辭曰建雄虹之采旄亘古鄧切**結棼橑以相接**善曰棼橑已見西京賦**帶倒茄於藻井披紅葩之狎獵**茄藕莖也以其莖倒殖於藻井其華下向反披狎獵重接貌藻井當棟中交木方爲之如井幹也善曰聲類曰帶果鼻也帶音帝孔安國尚書傳曰藻水草之有文者也風俗通曰今殿作天井井者東井之像也菱水中之物皆所以厭火也說文曰葩華也普華切**飾華榱與璧璫**華榱畫其榱也善曰壁璫已見西都賦也**流景曜之韡曄**曜光也韡曄言明盛也善曰景光景也**雕楹玉碣**善曰西都賦曰彫玉瑱以居楹說文曰楹柱也廣雅曰碣礩也碣與舄古字通**繡栭雲楣**栭斗也楣梁也皆雲氣畫如繡也善曰王襃甘泉頌曰采雲氣以爲楣**三階重軒鏤檻文槐**檻蘭也皆刻畫又以大板廣四五尺加漆澤焉重置中間蘭上名曰軒善曰西都賦曰重軒三階王襃甘泉頌曰編瑇瑁之文槐聲類曰槐屋連緜也婢祇切**右平左墄**墄限也謂階齒也天子殿

高九尺階九齒各有九級其側階各中分左右左有齒右則滂㶖平之令輦車得上善曰西都賦曰左墄右平也青瑣丹墀善曰漢書曰赤辟青瑣音義曰以青畫户邊鏤中王逸楚辭注曰文如連瑣漢官典職曰丹漆地故稱丹墀刊層平堂設切厓隒刊削也善曰郭璞山海經注曰層重也宋衷太玄經注曰堂高也切與砌古字通説文曰隒厓也和檢切坻崿鱗眴棧齴巉嶮殿基之形勢也善曰廣雅曰山坻除也文字集略曰崿崖也埤蒼曰眴音荀棧士眼切齴音眼巉助奄切嶮魚檢切鱗眴無涯也棧嶮皆高峻貌襄岸夷塗脩路陖險襄謂高也夷平也陖陡也險危也重門襲固姦宄是防姦邪也竊寶曰宄善曰周易曰重門擊柝以待暴客淮南子曰闉門重襲以避姦賊郭璞爾雅注曰襲重也孔安國尚書傳曰寇賊在外曰姦在内曰宄仰福帝居陽曜陰藏帝居謂太微宮五帝所居福猶同也太微宮陽時則見陰時則藏言今長安宮上與之同法矣洪鐘萬鈞猛虡趪趪洪大也猛怒也三十斤曰鈞縣鍾格曰筍植曰虡趪趪張設貌言大鐘乃重三十萬斤虡力猛怒故能勝

之焉善曰周禮曰梟氏寫獸之形大聲有力者以爲鐘虡虡音巨趪音黄負筍業而餘怒乃
奮翅而騰驤當筍下爲兩飛獸以背負又以板置上名爲業騰超也驤馳也言獸負此筍業巳重
乃有餘力奮其兩翼如將超馳者矣朝堂承東温調延北西有玉臺聯以
昆德皆殿與臺名也善曰爾雅曰延陳也說文注曰聯連也嵳峩㠝嶫形勢也罔
識所則不能名其所法則也若夫長年神僊宣室玉堂四殿之名
善曰並見西都賦麒麟朱鳥龍興含章善曰龍興含章皆殿名也漢宮闕名
有麒麟殿朱鳥殿譬衆星之環極極北極也環猶繞也言宮觀臺榭樓閣之
周於正殿如衆星之繞北極也善曰中宮天極星環之筐十二星藩臣西都賦曰奐若列宿紫宮是環
叛赫戲以煇煌叛猶煥也赫戲炎盛也煇煌光耀也善曰淮南子曰焜昱錯眩照耀
煇煌叛音判戲音羲煇音輝煌音皇正殿路寢用朝羣辟周曰路寢漢曰正殿羣辟謂王

侯公卿大夫士也大夏耽耽九戶開闢屋之四下者爲夏耽耽深邃之貌也都南切善
曰三輔三代故事曰大夏殿始皇造銅人十枚在殿前大戴禮曰明堂者古有之凡九室鄭玄禮記注曰天子
路寢制如明堂然則既有九室室有一戶也說文曰闢開也嘉木樹庭芳草如積善曰韓詩
曰綠蕣如簀簀積也薛君曰簀綠蕣盛如積簀也蕣音竹高門有閌列坐金狄善曰毛詩
曰皋門有伉與閌同鄭玄禮記注曰皋之言高也金狄金人也史記曰始皇收天下兵銷以爲金人十二各重
千斤致於宮中內有常侍謁者常侍閹官謁者寺人也奉命當御善曰奉傳詔命
而遮當進也左傳子朱曰朱也當御蔡邕獨斷曰御進也凡進皆曰御也蘭臺金馬遞宿
迭居蘭臺臺名善曰金馬已見西都賦序爾雅曰遞迭也小雅曰迭更也徒結切次有天祿
石渠校文之處善曰天祿石渠已見上文重以虎威章溝嚴更之
署虎威章溝未聞其意嚴更督行夜鼓署位也徼道外周千廬內附衛尉八

屯警夜巡晝衛尉帥吏士周宮外於四方四角立入屯士士則傳宮外向爲廬舍晝則巡行非常夜則警備不虞也儌音叫善曰西都賦曰儌道綺錯漢書曰衛尉掌門衛屯兵孔安國尚書傳曰警戒也植鎩懸猷用戒不虞植柱也善曰說文曰鎩鈹有鐔也一曰鋌似兩刃刀方言曰盾或謂之猷周易曰君子以治戎器戒不虞鈹芳皮切鎩山例切猷音伐後宮則昭陽飛翔增成合驩蘭林披香鳳皇鴛鸞皆後宮別名善曰皆殿名已見西都賦漢宮闕名有鳳皇殿羣窈窕之華麗嗟內顧之所觀觀覩也謂內顧所覩皆盛好也善曰窈窕已見西都賦小雅曰嗟發聲也三略曰將內顧則士卒慕之也故其館室次舍善曰周禮曰宮正掌宮中次舍鄭玄禮記注曰次自循止之處采飾纖縟采五色也纖細也善曰說文曰縟繁采飾也音辱裛以藻繡文以朱綠善曰西都賦曰裛以藻繡傳毅七激曰楹桷雕藻文以朱綠也翡翠火齊絡以美玉善曰翡翠鳥名也火齊玫瑰珠也六韜曰紂作瓊室

鹿臺飾以美玉列子曰穆王爲中天之臺絡以珠玉齊才計切流懸黎之夜光綴隨珠以爲燭明月大珠夜則有光如燭也善曰懸黎夜光隨珠已見西都賦金戺玉階彤庭煇音渾煇彤赤也煇煇赤色貌善曰廣雅曰戺砌也音俟西都賦曰玉階彤庭珊瑚琳碧瓀珉璘彬璘彬玉光色雜也善曰珊瑚瓀珉已見西都賦璘力神切彬方珉切珍物羅生煥若崑崙珍美之物羅列布見煥焉如崑崙之所生者善曰山海經云崑崙之墟有珠樹文玉樹雖厥裁之不廣侈靡踰乎至尊謂其裁制雖事事狹小於至尊然其靡麗之好乃過之也善曰喪服傳曰天子至尊裁才再切於是鉤陳之外閣道穹隆善曰鉤陳已見西都賦穹隆長曲貌屬長樂與明光徑北通乎桂宮長樂桂宮皆宮名明光殿名也漢書武帝故事上起明光宮桂宮長樂宮皆輦道相屬懸棟飛閣北度從宮中西上城至神明臺命般爾之巧匠般魯般一云公輸之子魯哀公時巧人爾王爾皆古之巧者也

善曰淮南子曰魯般以木爲鳶而飛之般音班又曰王爾無所錯其剞劂盡變態乎其中變奇也態巧也後宮不移樂不徙懸善曰上林賦曰庖廚不徙後宮不移劉向新序曰孟獻子聘於晉韓宣子止而觴之飲三徙鐘石之懸不移而具也門衛供帳官以物辨善曰供帳已見東都賦門衛已見上恣意所幸下輦成燕窮年忘歸猶弗能徧善曰孫卿子曰知物之理没世窮年不能徧也瓌異日新殫所未見瓌奇也殫盡也言奇異之好日日變易皆所未嘗目見之物也惟帝王之神麗懼尊卑之不殊雖斯宇之既坦心猶憑而未攄坦大也憑滿也攄舒也思比象於紫微恨阿房之不可廬廬居也時阿房巳壞故不得居也覛往昔之遺館獲林光於秦餘覛視也善曰漢書音義瓚曰林光秦離宮名也覛士狄切處甘泉之爽塏乃隆崇而弘敷甘泉山名應劭曰甘泉在馮翊雲陽縣爽明也隆崇高也

引敷猶延蔓也善曰左氏傳曰齊景公欲更晏子之宅曰請更諸爽塏者杜預曰就高燥也既新作於迎風增露寒與儲胥善曰漢書曰武帝因秦林光宮元封二年增通天迎風儲胥露寒託喬基於山岡直墆霓以高居墆霓高貌也善曰墆徒結切霓五結切通天訬以竦峙通天臺名武帝元封二年作漢書舊儀云高三十丈望見長安城訬高也竦立也峙住也善曰訬音眇徑百常而莖擢徑度也倍尋曰常莖特也擢獨出貌也上辨華以交紛下刻陗其若削辨華敷大也刻陗升高也善曰辨音斑又音葩陗七笑切翔鶤仰而不逮況青鳥與黃雀鶤大鳥青鳥黃雀皆小鳥翔高飛也善曰穆天子傳曰鶤雞飛八百里郭璞曰鶤即鵾鷄也鵾與鶤同音昆左氏傳曰青鳥氏司啓者也杜預曰青鳥鶬鶊也戰國策莊辛曰黃雀俯啄百粒伏櫺檻而頫聽聞雷霆之相激伏猶憑也櫺臺上蘭也頫低頭也蒼頡篇曰霆霹靂也言臺之高於上低頭聽雷聲乃在下善曰頫古字音府柏梁

既災越巫陳方建章是經用厭火祥善曰漢書曰柏梁災越俗有火災復起屋必以大用勝服之於是作建章宮漢武故事曰以香柏爲之香聞數十里厭於冉切營宇之制事兼未央兼猶倍也所以順巫言也善曰漢書曰劉向上疏曰項籍燔其宮室營宇圜闕竦以造天若雙碣之相望善曰字書曰圜亦圓字也甘泉賦曰直嶤嶤以造天音操孔安國尚書傳曰造至也又曰碣石海畔山也又曰三山言相望也鳳騫翥於甍標咸遡風而欲翔甍棟也標末也遡向也謂作鐵鳳凰令張兩翼舉頭敷尾以函屋上當棟中央下有轉樞常向風如將飛者焉善曰楚辭曰鳳騫翥而飛翔說文曰騫飛貌也騫許言切翥之庶切閶闔之内別風嶕嶢善曰閶闔巳見上文別風巳見西都賦何工巧之瑰瑋交綺豁以疏寮瑰瑋奇好也疏刻穿之也善曰交結綺文豁然穿以爲寮寮也說文曰綺文繒也廣雅曰豁空也然此刻鏤爲之蒼頡篇曰寮小窻也古詩曰交疏結綺窻干雲霧而上達狀亭亭以

苕苕亭亭苕苕高貌也干犯也神明崛其特起井幹疊而百增崛高貌善曰廣雅曰增重也神明井幹已見西都賦跱遊極於浮柱結重欒以相承跱猶置也三輔名梁爲極作遊梁置浮柱上欒柱上曲木兩頭受櫨者廣雅曰曲枅曰欒釋名曰欒躰上曲拳也累層構而遂隮望北辰而高興隮升也子奚切北辰北極也善曰山海經曰層重也消雰埃於中宸集重陽之清澂消散也雰埃塵穢也宸天地之交宇也言神明臺高旣除去下地之埃穢乃上止於天陽之宇清澂之中上爲清陽又爲陽故曰重陽善曰楚辭曰集重陽而入帝宮兮造旬始而觀清都雰音氛宸音辰瞰宛虹之長鬐察雲師之所憑鬐脊也雲師畢星也臺高悉得視之善曰鬐渠祇切廣雅曰瞰視也如淳漢書注曰宛虹也小雅曰憑依也廣雅曰雲師謂之豐隆上飛闥而仰眺正睹瑶光與玉繩飛闥突出方木也善曰春秋運斗樞

曰北斗七星第七曰瑶光春秋元命苞曰玉衡北兩星爲玉繩將乍往而未半怵
悼慄而慫兢怵恐也悼傷也慄慄憂慼也言恐墮也善曰廣雅曰乍暫也方言曰慫慄也
先拱切怵音黜慄音栗非都盧之輕趫孰能超而究升善曰漢書
曰自合浦南有都盧國太康地志曰都盧國其人善緣高說文曰趫善緣木之士也綺驕切馺
娑駘盪燾奡桔桀枍詣承光睽罛庨䆶馺娑駘盪枍詣
承光皆臺名燾奡桔桀睽罛庨䆶皆形皃善曰燾徒到切奡五告切桔音吉睽呼圭切罛計狐切庨
呼交切橧桴重棼鍔鍔列列善曰鍔鍔列列皆高貌反宇業業
飛檐巘巘凡屋宇皆垂下向而好大屋飛邊頭瓦皆更微使反上其形業業然檐板承落
也巘巘高皃善曰西都賦曰上反宇以蓋戴巘魚桀切流景內照引曜日月
言皆朱畫華采流引日月之光曜於宇內天梁之宮寔開高闈天梁宮名

宮中之門謂之闈此言特高大旗不脫扃結駟方蘄爾雅曰熊虎爲旗扃關也謂建旗車上有關制之令不動搖曰扃每門解下之今此門高不復脫扃結駕駟馬方行而入也蘄馬銜也善曰左氏傳曰楚人惎之脫扃古熒切蘄巨衣切楚辭曰青驪結駟齊千乘轢輻輕騖容於一扉駁車欲馬疾以箠轢於輻使有聲也長廊廣廡途閣雲蔓謂閣道如雲氣相延蔓也善曰許慎淮南子注曰廊屋也說文曰廡堂下周屋也無宇切閈汗庭詭異門千戶萬善曰蒼頡篇曰閈垣也胡旦切說文曰詭違也西都賦曰張千門而立萬戶重閨幽闥轉相踰延移賤切宮中之門小者曰闥言互相周通望窵窱以徑廷眇不知其所返窵窱徑廷過度之意也言入其中皆迷惑不識還道也善曰窱他弔切廷他定切返方萬切既乃珍臺蹇產以極壯墱道邐倚以正東蹇產形貌也墱閣道也邐倚一高一下一屈一直也乃從建章館踰西城東入於正宮中也善曰甘泉賦曰珍臺閑館西都賦曰凌墱道而超西墉

墱都亘切邐力氏切倚其綺切似閬風之遐坂橫西洫而絶金墉閬風崐崘
山名也洫城池也墉謂城也絶度也言閣道似此山之長遠橫越西池而度金城也西方稱之曰金善曰東方
朔十洲記崐崘其北角曰閬風之巔洫已見上文城尉不弛柝而内外潛通弛廢
也潛嘿也言城門校尉不廢擊柝之備内外已自嘿通也善曰弛詩紙切鄭玄周禮注曰欜戒夜者所擊也柝
與欜同音前開唐中彌望廣潒彌遠也善曰唐中已見西都賦漢書曰五侯大治第室連
屬彌望彌竟見也言望之極目字林曰潒水潒瀁也大朗切顧臨太液滄池漭沆漭沆猶洸潒亦寬大也善曰太
液已見西都賦漭莫朗切沆胡朗切漸臺立於中央赫昈昈以弘敞善曰漸臺
高二十餘丈已見西都賦埤蒼曰昈赤文也音戶清淵洋洋神山峩峩列瀛洲
與方丈夾蓬萊而駢羅上林岑以壘嵬下嶄巖以嵒齬
三山形貌也峩峩高大也善曰三輔三代舊事曰建章宮北作清淵海毛詩曰河水洋洋三山已見西都賦駢

猶並也壘魯罪切嶵音罪嶃士咸切齬音吾長風激於別隯起洪濤而揚波水中之洲曰隯音島善曰高唐賦曰長風至而波起浸石菌於重涯濯靈芝以朱柯石菌靈芝皆海中神山所有神草名仙之所食者浸濯也重涯池邊也朱柯芝草莖赤色也善曰菌芝屬也抱朴子曰芝有石芝菌求隕切海若游於玄渚鯨魚失流而蹉跎海若海神鯨大魚善曰楚辭曰令海若舞馮夷又曰臨沅湘之玄淵薛君韓詩章句曰水一溢而爲渚三輔舊事曰清淵北有鯨魚刻石爲之長三丈楚辭曰驥垂兩耳中坂蹉跎廣雅曰蹉跎失足也於是采少君之端信庶欒大之貞固善曰史記曰李少君亦以祠竈穀道却老方見上上尊之少君者故深澤侯舍人主方欒大見西都賦凡人姓名及事易知而別卷重見者云見某篇亦從省也他皆類此立脩莖之仙掌承雲表之清露屑瓊蘂以朝飱必性命之可度善曰漢書曰孝武作栢梁銅柱承露仙人掌之屬三輔故事曰武帝作銅露盤承天露和玉屑

飲之欲以求仙楚辭曰屑瓊蘂以爲糧王逸曰糜屑也**美往昔之松喬要羨門乎天路**善曰松喬已見西都賦史記曰始皇之碣石使燕人盧生求羨門韋昭曰羨門古仙人也枚乘樂府詩曰美人在雲端天路隔無期要烏堯切**想升龍於鼎湖豈時俗之足慕**善曰史記曰齊人公孫卿曰黃帝采首山銅鑄鼎於荊山下鼎旣成龍垂胡髯下迎黃帝黃帝騎龍乃上去名其處鼎湖天子曰嗟乎誠得如黃帝吾視去妻子如脫屣耳**若歷世而長存何遽營乎陵墓**善曰言若歷代而不死何急營於陵墓乎**徒觀其城郭之制則旁開三門參塗夷庭方軌十二街衢相經**街大道也經歷也一面三門門三道故云參塗塗容四軌故方十二軌軌車轍也夷平也庭猶正也善曰方言九軌之塗凡有十二也周禮曰營國方三門鄭玄儀禮注曰方併也周禮曰國中營途九軌西都賦曰立十二之通門**廛里端直甍宇齊平**都邑之空地曰廛甍棟也善曰周禮曰以廛任國中之地**北闕甲第當道直啓**

第館也甲言第一也善曰漢書曰贈霍光甲第一區
音義曰有甲乙次第故曰第也北闕當帝城之北也**程**
巧致功期不阤陊言皆程擇好匠令盡致其功夫既牢
阤式氏切說文曰又固不傾阤陊也善曰方言曰阤壞也
阤落也直氏切**木衣綈錦土被朱紫**言皆采畫如錦
曰說文云綈厚繒繡之文章也善
也朱紫二色也**武庫禁兵設在蘭錡**錡架也武庫天
也善曰劉逵魏都賦注曰受子主兵器之官
他兵曰蘭受弩曰錡錡音蟻**匪石匪董疇能宅此**善曰漢書
曰石顯字君房少坐法腐刑爲黃門中尚書元帝被疾
不親政事事無大小因顯口決又曰董賢字聖卿哀帝
悅其儀貌拜爲黃門郎詔將作監爲賢起大第北闕下
土木之功窮極技巧柱檻衣以綈錦武庫禁兵盡在董
氏**爾乃廓開九市通闤帶闠**廓大也闤市營也闠中隔門也崔豹古今注曰市牆
曰闤市門曰闠善曰九市已見西
都賦蒼頡篇曰闤市門胡關切**旗亭五重俯察百隧**
旗亭市樓也善曰史記褚先生曰臣爲
郎與方士會旗亭下隧已見西都賦**周制大胥今也**

惟尉善曰周禮曰司市胥師二十人然尊其職故曰大漢書曰京兆尹長安四市皆屬焉與左馮翊右扶風爲三輔然市有長丞而無尉葢通呼長丞爲尉耳瓌貨方至鳥集鱗萃瓌奇貨也方四方也奇寶有如鳥之集鱗之萃也鬻者兼贏求者不匱鬻賣也兼倍也贏利也匱乏也爾乃商賈百族裨販夫婦坐者爲商行者爲賈裨販買賤賣貴以自裨益裨必彌切善曰周禮曰大市日仄而市百族爲主朝市朝時而市商賈爲主夕市夕時爲市裨販夫婦爲主鬻良雜苦蚩眩邊鄙良善也先見良物價定而雜與惡物以欺惑下土之人善曰周禮曰辨其苦良而買之鄭玄曰苦讀爲盬蒼頡篇曰蚩侮也廣雅曰眩亂也杜預左氏傳注曰鄙邊邑也何必昬於作勞邪贏優而足恃昬勉也邪僞也優饒也言何必當勉力作勤勞之事乎欺僞之利自饒足恃也善曰尚書曰不昬作勞彼肆人之男女麗美奢乎許史言長安市井之人被服皆過此二家善曰漢書曰孝宣許皇后元帝母帝封外祖父廣漢爲平恩侯又曰衛太

子史良娣宣帝祖母也兄恭宣帝立恭巳死封恭長子高爲樂陵侯若夫翁伯濁質張里之家擊鍾鼎食連騎相過東京公侯壯何能加善曰漢書食貨志曰翁伯以販脂而傾縣邑濁氏以胃脯而連騎質氏以洗削而鼎食張里以馬醫而擊鍾晉灼曰胃脯今大官以十日作沸湯燖羊胃以末椒薑坋之訖曝使燥者也燖在鹽切坋步寸切如淳曰洗削謂作刀劒削也張里里名也都邑游俠張趙之倫齊志無忌擬跡田文善曰漢書曰長安宿豪大猾箭張回酒市趙放皆通邪結黨一云張子羅趙君都其長安大俠具游俠傳輕死重氣結黨連羣寔蕃有徒其從如雲寔實也蕃多也徒衆也善曰尚書曰寔繁有徒毛詩曰齊子歸止其從如雲茂陵之原陽陵之朱趫悍虓豁如虎如貙善曰原原涉也朱朱安世也史記曰誅獟猂獟與趫同欺譙切說文曰悍勇也户旦切毛詩曰闞如虓虎呼交切爾雅曰貙獌似貍貙勑珠切睚眦蠆芥

屍僵路隅僵仆也善曰漢書曰原涉字巨先自陽翟徙茂陵涉外温仁内隱忍好殺睚眦於塵中觸死者甚衆廣雅曰睚裂也說文曰眥目厓也淮南子曰瞋目裂眥睚五解切眥在賣切張揖子虛賦注曰蔕介刺鯁也蔕與蔕同並丑介切丞相欲以贖子罪陽石汙而公孫誅善曰漢書曰公孫賀爲丞相子敬聲爲太僕擅用北軍錢千九百萬下獄是時詔捕陽陵朱安世賀請逐捕以贖敬聲罪後果得安世安世遂從獄中上書曰敬聲與陽石公主私通遂父子俱死獄中也陽石北海縣名也若其五縣遊麗辯論之士街談巷議彈射臧否剖析豪氂擘肌分理善曰五縣謂五陵也長陵安陵陽陵武陵平陵五陵也巳見西都賦毛詩曰未知臧否聲類曰豪毛長毛也漢書音義曰十豪爲氂氂力之切鄭玄周禮注曰擘破裂也補革切說文曰肌肉也所好生毛羽所惡成創痏毛羽言飛揚創痏謂瘢痕也善曰蒼頡曰痏毆傷也胡軌切郊甸之內鄉邑殷賑五十里爲之郊百里爲甸師殷賑謂富饒也善曰尚書曰五百里甸服爾雅曰

賑富也之忍切五都貨殖既遷既引遷易也引致也善曰五都已見西都賦遷遷謂徙之於彼引謂納之於此商旅聯槅隱隱展展言賈人多車梔相連屬隱隱展展重車聲也丁謹切善曰說文曰槅大車梔也居責切冠帶交錯方轅接軫冠帶猶搢紳謂吏人也善曰楊雄蜀都賦曰方轅齊轂隱隱軫軫枚乘兔園賦曰車馬接軫相屬方輪錯轂說文曰軫車後横木也封畿千里統以京尹善曰毛詩曰封畿千里惟民所止漢書曰內史周官武帝更名京兆尹張晏曰地絕高曰京十億曰兆尹正也郡國宮館百四十五離宮別館在諸郡國者善曰三輔故事曰秦時殿觀百四十五所右極盩厔并卷酆鄠盩厔山名因名縣善曰漢書曰右扶風有盩厔縣盩張流切厔張栗切左暨河華遂至虢土暨言及也華陰縣故屬京兆善曰漢書右扶風有虢縣上林禁苑跨谷彌皐跨越也弥猶掩也大陵曰皐上林苑名禁禁人妄入也東至鼎湖邪界細柳鼎湖細柳皆地名也鼎湖在華陰東

細柳在長安西北**掩長楊而聯五柞**長楊宮在盩厔五柞亦館名云有五株柞樹善曰鄭玄毛詩箋曰掩覆也**繞黃山而款牛首**繞裹也款至也善曰漢書右扶風槐里縣有黃山宮三輔黃圖曰甘泉宮中有牛首山**繚垣緜聯四百餘里植物斯生動物斯止**繚垣猶繞了也緜聯猶連蔓也四百餘里苑之周圍也善曰今並以亘爲垣西都賦曰繚以周牆三輔故事曰北有甘泉九嵕南至長楊五柞連緜四百餘里也植物草木動物禽獸善曰周禮曰動物宜毛物也植物宜皁物也**衆鳥翩翻羣獸駓騃**皆鳥獸之形皃也善曰薛君韓詩章句曰趨曰駓行曰騃駓音鄙騃音俟**散似驚波聚以京峙**京高也水中有土曰峙言禽獸散走之時如水驚風而揚波聚時如水中之高土也善曰峙直里切**伯益不能名隸首不能紀**善曰列子曰北海有魚名鯤有鳥名鵬大禹行而見之伯益知而名之夷堅聞而志之世本曰隸首作數宋衷曰隸首黃帝史也**林麓之饒于何不有**木叢生曰林善曰穀梁傳曰林屬於山曰麓注曰麓山足也**木則樅栝**

椶柟梓棫楩楓樅松葉柏身也栝柏葉松身梓如栗而小棫白蕤也楓香木也善曰郭璞山海經注曰椶一名并閭爾雅曰梅柟郭璞曰柟木似水楊又曰棫白桵樅七容切栝古活切椶子公切柟音南梓音姊棫音域郭璞上林賦注曰楩杞也似梓楩卑緜切楓音風嘉卉灌叢蔚若鄧林嘉猶美也灌叢蔚若皆盛貌也善曰山海經曰夸父與日競走渴飲河渭不足北飲大澤未至道渴死棄其杖化爲鄧林鬱蓊薆薱橚爽櫹槮皆草木盛貌也善曰薱徒對切橚音蕭櫹音簫槮音森吐葩颺榮布葉垂陰葩華也草則葴莎菅蒯薇蕨荔芄善曰爾雅曰葴馬藍郭璞曰今大葉冬藍音針爾雅曰蒚侯莎又曰白華野菅郭璞曰菅茅屬古顏切聲類曰蒯草中爲索苦怪切毛萇詩傳曰薇菜也爾雅曰蕨虌也說文曰荔草似蒲音隸爾雅曰芄東蠡郭璞曰未詳芄胡郎切王芻莔臺戎葵懷羊善曰爾雅曰菉王芻郭璞曰今菉蓐也爾雅曰莔貝母郭璞曰似韭武行切爾雅曰臺夫須又曰葿茙葵郭璞曰今蜀葵葿音眉茙音戎爾雅曰瘣懷羊郭璞

曰未詳莽蕁蓬茸彌皐被岡彌猶覆也言草木熾盛覆被於高澤及山岡之上也善曰莽音本蕁子夲切篠簜敷衍編町成篁篠竹箭也簜大竹也敷布也衍蔓也編連也町謂畎畝篁竹墟名也善曰尚書曰瑤琨篠簜既敷町音挺山谷原隰泱漭馬黨切無疆泱漭無限域之貌言其多無境限也善曰泱烏朗切迺有昆明靈沼黒水玄阯小渚曰阯善曰漢書曰武帝穿昆明池黒水玄阯謂昆明靈沼之水沚也水色黒故曰玄阯也周以金堤樹以柳杞金堤謂以石爲邊隒而多種杞柳之木善曰金堤言堅也子虛賦曰上金堤杞即梗木也山海經曰杞如楊赤理豫章珍館揭焉中峙皆豫章木爲臺館也善曰三輔黃圖曰上林有豫章觀說文曰揭高舉也渠列切牽牛立其左織女處其右善曰已見西都賦日月於是乎出入象扶桑與濛汜善曰言池廣大日月出入其中也淮南子曰日出暘谷拂于扶桑楚辭曰出自陽谷入于濛汜汜音似其中則有

黿鼉巨鼈鱣鯉鱮鮦鮪鯢鱨魦脩額短項大口折鼻詭類殊種自鱨魦以上皆魚名也脩額至折鼻皆魚形也詭類殊種多雜物也善曰郭璞山海經曰鼉似蜥蜴徒多切郭璞爾雅注曰鱣似鱏知連切鄭玄詩箋曰鱮似魴翔與切爾雅曰鱧鮦也音童毛萇詩傳曰鮪似鮎鮪乎軌切鮎奴謙切又曰鱨揚也魦鮀也鱨音甞

鳥則鷫鷞鴰鴇駕鵞鴻鶤善曰高誘淮南子注曰鷫鷞長脛綠色其形似鴈張揖上林賦注曰駕鵝野鵝又曰鶤雞黃白色長頷赤喙鴰鴇已見西都賦凡魚鳥草木皆不重見他皆類此鷫音肅駕音加鶤音昆上春候來季秋就温善曰周禮曰上春生穜稑之種禮記曰孟春鴻來鄭玄曰鴈自南方來將北反其居也又曰季秋之月鴻鴈來賓鄭玄曰來賓止而未去也列子曰禽獸之智違寒就温南翔衡陽北棲鴈門善曰尚書曰荆及衡陽惟荆州孔安國曰衡山之陽漢書有鴈門郡奮隼歸鳧沸卉軿訇奮迅聲也隼小鷹也善曰周易曰射隼高墉之上軿芳耕切訇火宏切衆形殊聲不可勝論

六ノ四十八

論說也善曰廣雅曰勝舉也於是孟冬作陰寒風肅殺寒氣急殺於萬物孟冬十月陰氣始盛萬物彫落善曰禮記曰孟秋天氣始肅仲秋殺氣浸盛雨雪飄飄冰霜慘烈飄飄雨雪貌慘烈寒也善曰李陵書曰邊上慘烈百卉具零剛蟲搏摯草木零落陰氣盛殺鷹犬之屬可摯擊也善曰毛詩曰百卉具腓禮記曰季秋豺祭獸戮禽也爾乃振天維衍地絡維綱也絡網也謂其大如天地矣振整理也衍申布也善曰衍以善切蕩川瀆簸林薄林薄草木叢生也蕩動也簸揚也謂驅獸也鳥畢駭獸咸作草伏木棲寓居穴託謂禽獸驚走得草則伏遇木則棲非其常處苟寄而居值穴而託爲人窮迫之意起彼集此霍繹紛泊謂爲彼人所驚而來集此人之前霍繹紛泊飛走之貌在彼靈囿之中前後無有垠鍔言禽獸之多前卻顧視無復齊限也善曰靈囿已見東都賦淮南子曰出於無垠鄂之門許慎曰垠鍔端崖也虞人掌焉爲之營域虞人掌禽獸之

官善曰周禮曰山虞若大田獵則萊山之野焚萊平場柞木翦棘善曰周禮曰牧師贊焚萊毛萇詩傳曰萊草也賈逵國語曰槎邪斫也柞與槎同仕雅切左氏傳曰翦其荊棘結罝音嗟百里迒杜蹊塞罝網也迒道也蹊徑也皆以網杜塞之也善曰迒公郎切小雅曰杜塞也麀鹿麌麌駢田偪仄鹿牝曰麀麌麌形貌駢田偪仄聚會之意善曰毛詩曰麀鹿攸伏麀於牛切麌魚矩切天子乃駕彫軫六駿駮彫畫也天子駕六馬駮白馬而黑畫爲文如虎者戴翠帽倚金較翠羽爲車蓋黃金以飾較也古今注曰車耳重較文官青武官赤或曰車蕃上重起如牛角也善曰毛詩曰猗重較兮音角說文曰較車輢上曲鉤也較工卓切輢一伎切璿弁玉纓遺光儵音叔爚弁馬冠也又髦以璿玉作之纓馬鞅也以玉飾之遺餘也儵爚有餘光也爚音藥建玄弋樹招搖玄弋北斗第八星名爲矛頭主胡兵招搖第九星名爲盾今鹵簿中畫之於旗建樹之以前驅善曰禮記曰招搖在上急繕其怒鄭玄曰繕讀曰勁畫招搖星於其上以起軍堅勁

軍之威怒象天帝也棲鳴鳶曳雲梢禮記曰前有塵埃則載鳴鳶棲謂畫其形於旗上雲梢謂旌旗之流飛如雲也善曰高唐賦曰建雲旆弧旌枉矢虹旃蜺旄弧星名通帛爲旃雄曰虹雌曰蜺善曰周禮曰弧旌枉矢以象牙飾楚辭曰建雄虹之采旄上林賦曰拖蜺旌也華蓋承辰天畢前驅華蓋星覆北斗王者法而作之畢網也象畢星也前驅載之善曰劉歆遂初賦曰奉華蓋於帝側韓詩曰伯也執殳爲王前驅千乘雷動萬騎龍趨善曰東都賦曰千乘雷起万騎紛紜屬車之簉載獫獥獢大駕最後一乘懸豹尾以前爲省中侍御史載之簉副也善曰古今注曰豹尾車同制也所以象君豹變言尾者謹也屬車已見東都賦毛詩曰輶車鸞鑣載獫猲獢毛萇曰獫猲獢皆田犬也長喙曰獫短喙曰獥獢簉初遘切獫呂驗切獢許喬切匪唯翫好乃有祕書小說九百本自虞初小說醫巫厭祝之術凡有九百四十三篇言九百舉大數也善曰漢書曰虞初周說九百四十三篇初河南人也武帝時以方士侍郎乘馬衣黃衣號黃車使者小說家者流蓋

出於稗官應劭曰其說以周書爲本 **從容之求寔俟寔儲** 持此祕術儲以自隨待上所求問皆常具也善曰尚書曰從容以和爾雅曰俟待也說文曰儲具也 **於是蚩尤秉鉞奮鬣被般** 善曰山海經曰蚩尤作兵伐黃帝史記曰黃帝與蚩尤戰於涿鹿之野蒼頡篇曰鉞斧也毛萇曰鬣般虎皮也上林賦曰被班文般與班古字通 **禁禦不若以知神姦螭魅魍魎莫能逢旃** 善曰左氏傳曰王孫滿謂楚子曰昔夏鑄鼎象物使人知神姦故人入川澤不逢不若螭魅魍魎莫能逢旃杜預曰若順也說文曰螭山神獸形魅怪物蛧蜽水神毛萇詩傳曰旃之也 **陳虎旅於飛廉正壘壁乎上蘭** 陳列也善曰周禮虎賁下大夫旅賁氏中士也飛廉上蘭已見西都賦 **結部曲整行伍** 善曰司馬彪續漢書曰大將軍營五部部有校尉一人部下有曲曲有軍候一人左傳曰行出犬雞杜預云二十五人爲行行亦卒之行列也周禮曰五人爲伍 **燎京薪駴雷鼓** 積高爲京燎謂燒之善曰周禮曰鼓皆駭鄭玄曰雷擊鼓曰駭駭與駴同 **縱獵徒赴長**

莽莽草長謂深且遠也方言曰草南楚之間謂之莽迾卒清候武士赫怒善曰鄭玄禮記注曰迾遮也迾旅結切清候清道候望也鄭玄毛詩箋曰赫怒意也緹衣韎韐睢盱拔扈善曰緹衣韎韐武士之服字林曰緹帛丹黃色他迷切毛詩曰韎韐有奭毛萇曰韎者茅蒐染也字林曰睢仰目也盱張目也睢火隹切盱火于切毛詩曰無然畔援鄭玄曰畔換猶拔扈拔與跋古字通光炎燭天庭囂聲震海浦燭照也海浦四瀆之口善曰解嘲曰未仰天庭鄭玄周禮注曰囂讙也許朝切河渭爲之波盪吳嶽爲之陁雉堵波盪搖動也陁落也善曰漢書曰自華西名山七一曰吳山郭璞云吳岳別名百禽㥄遽騤瞿奔觸㥄猶怖也遽促也騤瞿走貌奔觸唐突也善曰羽獵賦曰虎豹之㥄遽白虎通曰禽鳥獸之摠名爲人禽制㥄音陵遽渠庶切騤音逵瞿巨駒切喪精亡魂失歸忘趨投輪關輻不邀自遇言禽獸亡失精魂不知所當歸趨也反關入輪輻之間不須邀遂往自得之趣向也邀遮也飛罕潚箾流

鏑𢶉㩧潚箾罕形也𢶉㩧中聲也善曰說文曰罕網也潚音肅箾音朔𢶉普麥切㩧芳邈切矢
不虛舍鋋不苟躍舍放也躍跳也矢鋋跳躍必有獲矣善曰說文曰鋋小戈也當足
見蹍值輪被轢音歷足所蹈爲蹍車所加爲轢善曰蹍女展切僵禽斃獸爛
若磧七亦切礫僵仆也石細者曰礫謂所獲禽鳥爛然如聚細石也但觀罝羅之所
羂結竿殳之所揘畢羂縊也結縛也竿竹也殳杖也八稜長丈二而無刃或以木爲之或
以竹爲之揘畢謂撞㧙也善曰羂古犬切揘音橫畢于筆切又音筆叉蔟之所攙捔徒搏
之所撞㧙攙捔貫刺之撞㧙猶揘畢也善曰蔟楚角切攙士銜切捔助角切撞直江切㧙房結切
白日未及移其晷已獮思衍切其什七八晷景也獮殺也言日景未移禽
獸什已殺七八矣善曰漢書張竦曰日不移晷霍然四除若夫游鷮高翬絕阬踰
斥雉之健者爲鷮尾長六尺詩云有集唯鷮翬翬飛也斥澤崖也善曰鷮舉喬切阬音剛斥音尺毚兔

聯猭陵巒超壑毚狡兔也聯猭走也巒山也壑阬谷也自游鶬至此皆說禽獸輕狡難得也善曰毛詩曰趯趯毚兎音讒猭勑緣切比諸東郭莫之能獲善曰戰國策淳于髡曰夫韓國盧天下之駿狗也東郭㕙海內之狡兎也環山三騰岡五韓盧不能及之鄭玄禮記注曰比猶比方也孔安國尚書傳曰諸之也乃有迅羽輕足尋景追括迅羽鷹也輕足好犬也括箭括之御弦者鳥不暇舉獸不得發舉飛也發駭走也善曰高唐賦曰飛鳥未及起走獸未及發青骹摯於韝下溝韓盧噬於緤末青骹鷹青脛者善曰韓盧犬謂黑色毛也摯擊也噬齧也緤攣也韝辟衣鷹下韝而擊犬攣末而齧皆謂急搏不遠而獲善曰說文曰骹脛也戰國策淳于髡曰韓國盧者天下之駿狗也骹苦交切緤音薛礼記曰犬則執緤鄭玄注曰緤紖靮皆所以繫制之者守犬田犬問名畜養者當呼之名謂若韓盧宋鵲之屬及其猛毅髬髵隅目高匡髬髵作毛鬣也隅目角眼視也高匡深瞳子也皆謂猛獸作怒可畏者善曰髬普悲切髵音而威懾兕虎莫之敢伉兕水牛類也伉當也謂獸猛兕虎且猶畏之人無敢當之者善曰鄭玄毛

詩箋曰懾恐懼也伉古郎切迺使中黃之士育獲之儔朱鬕䰂髽絳帕額露頭髻植髮如竿以擊猛獸能服之植髮如竿也善曰尸子曰中黃伯曰余左執泰行之獶而右搏雕虎戰國策范雎說秦王曰烏獲之力焉而死夏育之勇焉而死說文曰鬕帶髻頭飾也通俗文曰露髻曰䰂以麻雜爲髻如今撮也鬕莫亞切髽士瓜切䰂作計切袒裼戟手奎踽盤桓奎踽開足也盤桓便旋也善曰毛詩曰袒裼暴虎左傳曰戟其手廣雅曰盤桓不進也奎欺棰切踽去禹切鼻赤象圈巨狿象鼻赤者怒巨狿麈也怒走者爲狿謂能戾象鼻又穿麈以著圈善曰說文曰圈畜閑也其兖切狿音延摣狒猬批窳狻禺獸身人面身有毛被髮迅走食人猬其毛如刺窳窫窳也類貙虎亦食人狻狻猊也一曰師子摣批皆謂戟撮之善曰摣子加切狒房沸切猬音謂批側倚切窳音庾狻音酸猊五奚切揩枳落突棘藩善曰字林曰揩摩也口階切說文曰枳木似橘居紙切杜預左氏傳注曰藩籬也落亦籬也梗林爲之靡拉樸叢爲之摧殘靡拉

摧殘言指突之皆擗碎毀拆也拉郎荅切善曰方言曰
凡草木刺人爲梗古杏切毛萇詩傳曰樸包木也補木
切輕銳僄狡趫捷之徒輕銳謂便利捷疾也言如此者多也赴洞穴探封
狐陵重巘獵昆駼洞穴深且通也探取也封大也陵猶升也山之上大下小者曰巘昆駼如
馬跂蹄善登高言能升重巘之嶺而獵取昆駼之獸善曰巘言免切駼音途杪木末擭獑猢
杪猶表也獑猢猨類而白腰以前黑在木表擭謂掘取之也善曰杪音眇擭於白切獑在銜切猢音胡超
殊榛擖飛鼯殊猶大也榛木也擖捎取之也善曰爾雅曰鼯鼠夷由郭璞曰狀如小狐肉翅飛且
乳擖大結切鼯音吾是時後宮嬖人昭儀之倫嬖幸也昭儀後宮官也常亞
於乘輿亞次也乘輿天子所乘車慕賈氏之如皐樂北風之同車
善曰左氏傳曰賈大夫惡取妻三年不言不笑御以如皐射雉獲之其妻始笑而言杜預曰賈國之大夫詩北
風曰惠而好我攜手同車盤于游畋其樂只且盤樂也善曰尚書曰不敢盤于游畋毛詩

曰其樂只且辭也子余切於是鳥獸殫目觀窮殫盡也窮極也所觀畢也善曰國語伍舉曰若周於目觀遷延邪睨集乎長楊之宮遷延退旋也善曰高唐賦曰遷延引身也說文曰睨斜視也魚計切息行夫展車馬息休也善曰左氏傳曰子反令軍吏繕甲兵展車馬鄭玄礼記注曰展整也張輦切收禽舉胔數課衆寡胔死禽獸將腐之名也數計課録校所得多少善曰胔取肉名不論腐敗也置互擺牲頒賜獲鹵互所以挂肉擺謂破磔懸之頒謂以所鹵獲之禽獸賜士衆也善曰擺芳皮切漢書音義曰鹵與虜同割鮮野饗犒勤賞功謂饗食士衆於廣野中勞勤苦賞有功善曰子虛賦曰割鮮染輪杜預左氏傳曰犒勞也犒苦到切五軍六師千列百重善曰漢官儀漢有五營五軍即五營也周礼天子六軍六師即六軍也尚書曰張皇六師千列列千人也酒車酌醴方駕授饔酒肴皆以車布之善曰鄭玄儀礼注曰方併也杜預左氏傳注曰熟曰饔升觴舉燧既釂鳴鐘燧火也謂行酒舉烽

火以告衆也以釂鳴鍾鼓也善曰升進也說文曰釂飲酒盡也焦曜切膳夫馳騎察貳廉空膳夫宰夫也察廉皆視也貳爲兼重也空減無也言宰人騎馬行視肴有兼重及減無者善曰礼記曰御同於長者雖貳不辭鄭玄曰貳重也肴膳也炙炰夥清酤皝皇恩溥洪德施詩有炰鼈清酤美酒也善曰史記曰楚人謂多爲夥音禍毛詩曰既載清酤音戶廣雅曰皝多也音支皇皇帝普博施也徒御悅士忘罷善曰毛詩曰徒御不驚毛萇曰徒輦者也御御馬也罷音皮巾車命駕迴旆右移巾車主車官也回車右轉將旋也善曰孔叢子歌曰巾車命駕將適唐都鄭玄周礼注曰巾猶衣也相羊乎五柞之館旋憩乎昆明之池相羊仿羊也池即所謂靈沼也善曰楚辭曰聊逍遙以相羊憩息也登豫章簡矰紅豫章池中臺也簡省也繳射矢長八寸其絲名矰音曾蒲且發弋高鴻善曰列子蒲且子之弋弱矢纖繳乘風而振之連雙鶬於青雲也且子余切挂白鵠聯飛龍挂矢絲挂鳥上也飛龍鳥名也磻不特絓往

必加雙沙石膠絲爲磻非徒獲一而已必雙得之善曰說文曰磻似石著繳也磻音波絓音卦於是命舟牧爲水嬉舟牧主舟官嬉戲也善曰禮記曰舟牧覆舟琴道雍門周曰水嬉則艕龍舟浮鷁首翳雲芝船頭象鷁鳥厭水神故天子乘之翳覆也爲畫芝草及雲氣以爲船覆飾也善曰淮南子曰龍舟鷁首甘泉賦曰登夫鳳皇而翳華芝垂翟葆建羽旗謂垂羽翟爲葆蓋飾建隼羽爲旌旗也善曰琴道雍門周曰水嬉則建羽旗齊栧女縱櫂歌善曰栧女鼓栧之女漢書音義韋昭曰栧楫也楊至切櫂歌引櫂而歌也西都賦曰櫂女謳漢武帝秋風辭曰發櫂歌方言曰楫或謂之櫂郭璞曰今云櫂歌也直教切發引和校鳴葭奏淮南度陽阿發引和言一人唱餘人和也葭更校急之乃鳴和胡卧切杜摯葭賦曰李伯陽入西戎所造漢書曰有淮南鼓員四人謂舞人也淮南子曰足蹠陽阿之舞感河馮懷湘娥善曰感動也莊子曰馮夷得道以潛大川說文曰懷念思也楚辭曰帝子降兮北渚王逸曰言堯二女娥皇女英隨舜不及墮湘水中因爲湘夫人

鼊蛧蜽憚蛟蛇蛧蜽水神蛟龍類鼊憚謂皆使駭怖也善曰楊雄蜀都賦曰其深則有水豹蛟

虵也然後釣魴鱧纚鰋鮋纚網如箕形狹後廣前魴鱧鰋鮋皆魚名善曰纚所買切鮋長

由切撫紫貝搏耆龜搏撫皆拾取之名耆老也龜之老者神善曰相貝經曰赤電黑雲謂之紫

貝楚辭曰耆蔡兮踊躍王逸曰蔡龜也撫之石切搤水豹馽潛牛水豹潛牛皆謂水處也善

曰說文曰搤捉也楊雄蜀都賦曰水豹蛟蛇說文曰馽絆馬也上林賦曰沈牛麈麋南越誌潛牛形角似水牛

搤音厄馽中立切澤虞是濫何有春秋澤虞主水澤官濫施罛罟也言不順時節常設

之也善曰周禮曰澤虞掌國澤之政國語曰魯宣公濫於泗流擿漻澥搜川瀆布九罭

設罜麗漻澥小水別名擿搜謂一一周索也善曰毛詩曰九罭之魚鱒魴爾雅曰九罭魚網國語里革

曰罝禁罜麗韋昭曰罜麗小網也摘土狄切漻音了澥音蟹罭與緎古字通罭音域罜音獨麗音鹿摷昆

鮞殄水族昆魚子鮞細魚族類也摷殄言盡取之摷責交切善曰國語里革曰魚禁鯤鮞鯤音昆鮞

音而蘧藕拔蜃蛤剥蘧芙蕖蜃蛤蚌也善曰蜃蜃音腎逞欲畋敷效獲麑麌逞極也鹿子曰麑麋子曰麌善曰左氏傳季良曰今民餒而君逞欲廣雅曰逞快也孔安國尚書傳曰田獵也田與畋同說文曰敷捕魚也音魚國語曰獸長麑麌麑音迷麌烏老切摻蔘浰浪所求偏也善曰摻古巧切蔘音老浰音勞浪音郎也乾池滌藪善曰孔安國尚書傳曰滌除也鄭玄禮記注曰藪大澤上無逸飛下無遺走擭胎拾卵蚳蝝盡取善曰國語曰鳥翼鷇卵蟲舍蚳蝝韋昭曰蚳蟻子也可以爲醢蝝復陶也可食未乳曰卵蚳直尸切蝝音緣取蒼苟切取樂今日遑恤我後皇暇也言且快今日之苟樂焉能復顧後日之長久也善曰毛詩曰我躬不閱遑恤我後既定且寧焉知傾陁天下已定貴在安樂極意恣心何能復顧後日傾壞也陁音雉大駕幸乎平樂張甲乙而襲翠被平樂館大作樂處也襲服也李尤樂觀賦曰設平樂之顯觀處金商之維限善曰班固漢書贊曰孝武造甲乙之帳襲翠被馮玉几音義

曰甲乙帳名也左氏傳曰楚子翠被杜預曰翠羽飾被披義切攢珍寶之玩好紛瑰麗以參靡攢聚也紛猶雜也瑰奇也麗美也參靡奢放也臨迥望之廣場程角觝之妙戲程謂課其技能也善曰漢書曰武帝作角觝戲文穎曰秦名此樂爲角觝兩兩相當角力技藝射御故名角觝也烏獲扛鼎都盧尋橦善曰史記曰秦武王有力士烏獲孟說皆大官王與孟說舉鼎說文曰扛橫開對舉也扛與舡同古龍切漢書曰武帝享四夷之客作巴俞都盧音義曰體輕善緣橦直江切衝狹鷰濯胸突銛鋒卷簟席以矛插其中伎兒以身投從中過鷰濯以盤水置前坐其後踊身張手跳前以足偶節踰水復却坐如鷰之浴也善曰漢書音義曰銛利也息廉切跳丸劍之揮霍走索上而相逢揮霍謂丸劍之形也索上長繩繫兩頭於梁舉其中央兩人各從壹頭上交相度所謂儛絙者也跳都彫切華嶽峩峩岡巒參差神木靈草朱實離離華山爲西嶽峩峩高大貌參差低仰貌神木松栢靈壽之屬靈草芝英朱

赤也離離實垂之貌善曰西都賦曰靈草冬榮神木叢生毛詩曰其桐其椅其實離離毛萇曰離離垂也

總會僊倡戲豹舞羆白虎鼓瑟蒼龍吹篪仙倡僞作假形謂如神也羆熊豹能熊虎皆爲假頭也女娥坐而長歌聲清暢而蜲蛇蜲蛇聲餘詰曲也善曰女娥娥皇女英也洪涯立而指麾被毛羽之襳襹洪涯三皇時伎人倡家託作之衣毛羽之衣襳衣毛形也善曰襳所炎切襹史宜切度曲未終雲起雪飛初若飄飄後遂霏霏飄飄霏霏雪下貌皆巧僞作之善曰班固漢書曰元帝自度曲瓚曰度曲歌終更授其次謂之度曲毛詩曰雨雪霏霏複陸重閣轉石成雷複陸複道閣也於上轉石以象雷聲礔礰激而增響磅礚象乎天威增響委聲也磅礚雷霆之音如天之威怒善曰礔敷赤切磅怖萌切礚古蓋切巨獸百尋是爲曼延去聲作大獸長八十丈所謂蛇龍曼延也善曰漢書曰武帝作漫衍之戲也神山崔巍欻從

背見歘之言忽也僞所作也獸從東來當觀樓前背上忽然出神山崔巍也歘許律切熊虎升而拏攫猨狖超而高援皆僞所作也善曰拏攫相搏持也拏奴加切攫居縛切怪獸陸梁大雀踆踆皆僞所作也陸梁東西倡佯也踆踆大雀容也七輪切善曰尸子曰先王豈無大鳥怪獸之物哉然而不私也白象行孕垂鼻轔囷僞作大白象從東來當觀前行且乳鼻正轔囷也善曰轔音鄰囷巨貧切海鱗變而成龍狀蜿蜿以蝹蝹海鱗大魚也初作大魚從東方來當觀前而變作龍蜿蜿蝹蝹龍形貌也善曰蜿於表切蝹於君切含利颬颬化爲仙車驪駕四鹿芝蓋九葩含利獸名性吐金故曰含利颬颬容也驪猶羅列駢駕之也以芝爲蓋蓋有九葩之采也善曰颬呼加切蟾蜍與龜水人弄蛇作千歲蟾蜍及千歲龜行舞於前也水人俚兒能禁固弄蛇也善曰蟾昌詹切蜍市余切奇幻儵忽易貌分形儵忽疾也易貌分形變化異也善曰幻下辦切吞刀吐火雲霧杳冥

善曰西京雜記曰東海黃公立興雲霧漢官典職曰正旦作樂漱水成霧楚辭曰杳冥兮晝晦畫地成川流渭通涇善曰西京雜記曰東海黃公坐成山河又曰淮南王好方士方士畫地成河東海黃公赤刀粵祝音呪東海有能赤刀禹步以越人祝法厭虎者號黃公又於觀前爲之冀厭白虎卒不能救善曰西京雜記曰東海人黃公少時能幻制蛇御虎常佩赤金刀及衰老飲酒過度有白虎見於東海黃公以赤刀往厭之術不行遂爲虎所食故云不能救也皆僞作之也挾邪作蠱於是不售蠱惑也售猶行也謂懷挾不正道者於是時不得行也爾乃建戲車樹脩旃樹植也旃謂旛也建之於戲車上也侲僮程材上下翩翻侲之言善善童幼子也程猶見也材伎能也翩翻戲橦形也善曰史記徐福曰海神云若侲女即得之矣侲之刃切突倒投而跟絓辟隕絕而復聯突然倒投身如將墜足跟反絓橦上若已絕而復連也善曰投他豆切說文曰跟足踵也音根百馬同轡騁足並馳於橦子作其形

狀善曰陸賈新語曰楚平王增駕百馬同行也橦末之伎態不可彌彌猶極也言變巧之多不可極也彎弓射乎西羌又顧發乎鮮卑彎挽弓也鮮卑在羌之東皆於橦上作之善曰魏書曰鮮卑者東胡之餘也別保鮮卑山因號焉於是衆變盡心酲醉盤樂極悵懷萃酲飽也萃猶至也於是游戲畢心飽於悅樂悵然思念所當復至也善曰孟子曰盤游飲酒馳騁田獵陰戒期門微行要屈要或爲徼善曰期門已見西都賦漢書曰武帝微行所出張晏曰騎出入市里不復警蹕若微賤之所爲故曰微行要屈至尊同乎卑賤也降尊就卑懷璽藏紱天子印曰璽紱綬也懷藏之自同卑者也便旋閭閻周觀郊遂善曰閭里門也閻里中門也郊已見西都賦周禮有六遂也若神龍之變化章后皇之爲貴龍出則昇天潛則泥蟠故云變化章明也天子稱元后皇漢帝稱也善曰管子曰龍被五色欲小則如蠶蠋欲大函天地也然後歷掖庭適驩館掖庭今官

主後宮擇所驩者乃幸之**捎衰色從孅婉**孅婉美好之貌善曰毛詩序曰華落色衰韓詩曰孅婉之求孅婉好貌孅於見切婉於萬切捎棄也**促中堂之陿坐羽觴行而無筭**中堂中央也善曰楚辭曰瑤漿蜜勺實羽觴漢書音義曰羽觴作生爵形儀禮曰無筭爵鄭玄曰筭數也**祕舞更奏妙材騁伎**祕言希見爲奇也更遞也奏進也**妖蠱豔夫夏姬美聲暢於虞氏**善曰左氏傳子產曰在周易女惑男謂之蠱音古又左氏傳曰楚莊王欲納夏姬杜預曰夏姬鄭穆公女陳大夫御叔妻七略曰漢興善歌者魯人虞公發聲動梁上塵暢條暢也敕亮切蠱媚也**始徐進而羸形似不任乎羅綺嚼清商而却轉增嬋蛸以此豸**音雉清商鄭音嬋蛸此豸姿態妖蠱也善曰宋玉笛賦曰吟清商追流徵嬋音蟬蛸於緣切**紛縱體而迅赴若驚鶴之羣罷**縱體舞容也迅疾赴節相越也相鶴經曰後七年學舞又七年舞應節**振朱屣於盤樽**振猶掉也朱屣赤絲履也**奮**

長袖之颯纚舞人特作長袖颯纚長貌也善曰韓子曰長袖善舞颯素合切纚所倚切要紹修態麗服颺菁要紹謂婟嫿作姿容也修爲也態嬌媚意也菁華英也善曰楚辭曰夸容脩態要於妙切菁音精眳藐流眄一顧傾城眳眉睫之間藐好視容也流眄轉眼貌也眳亡井切善曰漢書李延年歌曰北方有佳人絕世而獨立一顧傾人城再顧傾人國展季桑門誰能不營善曰國語曰臧文仲聞柳下惠之言韋昭曰柳下展禽之邑季字也家語曰昔有婦人召魯男子不往婦人曰子何不若柳下惠然嫗不逮門之女也國人不稱其亂焉桑門沙門也東觀漢記制楚王曰以助伊蒲塞桑門之盛饌說文曰營惑也列爵十四競媚取榮後宮官從皇后以下凡十四等競爭邪媚求榮愛也善曰列爵十四見西都賦也盛衰無常唯愛所丁善曰爾雅曰丁當也衛后興於鬒髮飛燕寵於體輕善曰漢書曰孝武衛皇后字子夫漢武故事曰子夫得幸頭解上見其美髮悅之毛詩云鬒髮如雲之忍切荀悅漢紀曰趙氏善舞號曰

飛燕上訛之事由躰輕而封皇后也爾乃逞志究欲窮身極娛逞娛也娛樂也善曰楚辭曰逞志究欲心意安之也鑒戒唐詩他人是媮唐詩刺晉僖公不能及時以自娛樂曰子有衣裳衺弗曳弗婁宛其死矣他人是媮言今日之不極意恣嬌亦如此也善曰國語曰鑒戒而謀賈逵曰鑒察也自君作故何禮之拘善曰國語魯侯曰君作故事韋昭曰君所作則爲故事也商君書曰賢者更禮不肖者拘焉增昭儀於婕妤賢既公而又侯善曰漢書曰孝成帝趙皇后有女弟爲婕妤絕幸爲昭儀又曰孝元帝傅婕妤有寵乃更號曰婕妤在昭儀上尊之也又曰封董賢爲高安侯後代丁明爲大司馬即三公之職也許趙氏以無上思致董於有虞善曰漢書曰成帝謂趙昭儀曰趙氏故不立許氏使天下無出趙氏上者王閎爭於坐側漢載安而不渝渝易也善曰漢書曰上置酒麒麟殿視董賢而笑曰吾欲法堯禪舜何如王閎曰天下乃高帝天下非陛下有之統業至重天子無戲言高祖創業繼體承基暫勞

永逸無爲而治善曰劇秦美新曰漢祖創業蜀漢漢書平當曰今漢繼體承基三百餘年又楊雄曰不一勞者不久佚論語曰無爲而治其舜也歟耽樂是從何慮何思善曰尚書曰惟耽樂之從周易曰天下何思何慮多歷年所二百餘朞朞一帀也從高祖至于王莽二百餘年善曰尚書曰夥禮配天多歷年所徒以地沃野豐百物夥阜沃肥也豐饒也夥盛也阜大也巖險周固衿帶易守謂左崤函右隴坻前終南後高陵善曰左氏傳曰制巖邑也李尤函谷關銘曰衿帶咽喉管子曰地形險阻易守難攻得之者強據之者久流長則難竭柢深則難朽故奢泰肆情馨烈彌茂言土地險固故得放心極意而夸泰之馨香烈益以茂盛鄙生生乎三百之外傳聞於末聞之者鄙生公子自稱謙辭也三百自高祖以下至作賦時也善曰孔叢子子高謂魏王曰君聞之於耳邪聞之於傳邪者之與切曾髣髴其若夢未一隅之能睹善曰甘泉賦曰猶髣髴其若夢說文曰彷佛相似見不諦也論語曰子曰舉一隅而

示之此何與於殷人屢遷前八而後五居相圮耿不常厥土盤庚作誥帥人以苦善曰廣雅曰與如也言欲遷都洛陽何如殷之屢遷乎言似之也尚書曰自契至成湯八遷尚書序曰盤庚五遷又曰河亶甲居相祖乙圮于耿孔安國曰河水所毀曰圮盤庚遷于殷殷人弗適有居率籲衆慼出矢言圮平鄙切方今聖上同天號於帝皇天稱皇天帝今漢天子號皇帝兼同之善曰方今猶正今也尚書刑德放曰帝者天號也天有五帝春秋元命苞曰皇者煌煌也掩四海而爲家掩覆也善曰禮記孔子曰大道旣隱天下爲家又曰聖人能以天下爲一家也富有之業莫我大也三皇以來無大於漢者善曰周易曰富有之謂大業也徒恨不能以靡麗爲國華善曰國語季文子曰吾聞以德爲國華韋昭曰爲國光華也獨儉嗇以齷齪忘蟋蟀之謂何儉嗇節愛也蟋蟀唐詩刺儉也言獨爲節愛不念唐詩所刺邪漢書注曰齷齪小節也王逸楚辭注曰謂說也何休公羊傳注曰謂據疑

問所不知者曰何也豈欲之而不能將能之而不欲歟蒙竊惑焉言我不解何故反去西都從東京置奢逸即儉嗇也善曰蒙謙稱也周易曰匪我求童蒙也願聞所以辯之之說也說猶分別解說

文選卷第二

賜進士出身通奉大夫江南蘇松常鎮太等處承宣布政使司布政使胡克家重校刊

文選卷第三

梁昭明太子撰

文林郎守太子右內率府録事參軍事崇賢館直學士臣李善注上

京都中

京都有三卷此卷居中故曰京都中

東京賦

東京謂洛陽其賦意與班固東都賦同

張平子　薛綜注

安處先生於是似不能言憮亡禹然有閒有閒謂有頃之閒也先生聞公子稱西京奢泰之事心怪其所貴者謂違禮失道故愕然有頃乃能言也善曰安猶烏也處處也言何處有此先生蓋虛假之也論語曰孔子似不能言者孟子曰東子憮然爲閒也趙岐曰憮然猶悵然也乃莧爾而笑曰若客所謂末學膚受貴耳而賤目者也莧爾舒張面目

之貌也末學謂不經根本膚受謂皮膚之不經於心胷貴耳謂東京先生笑公子以西京爲貴以東爲賤也善曰論語曰莞爾而笑又曰膚受之愬桓子新論曰世咸尊古卑今貴所聞賤所見苟有胷而無心不能節之以禮苟猶誠也言實誠信胷臆之所聞而心不能以禮節度其可否也善曰韓詩曰鄙野之人僻陋無心也論語曰不以禮節之賈逵國語注曰節制也宜其陋今而榮古矣言人不能以禮節度其事情者固宜薄陋今日之事而以此所聞古事爲榮貴也善曰夫尊古而卑今學者之流也由余以西戎孤臣而悝苦灰繆穆公於宮室孤臣謂孤陋之臣也善曰史記曰由余本晉人亡入西戎戎王使來聘秦觀秦之強弱穆公示以宮室引之登三休之臺由余曰臣國土階三尺茅茨不翦寡君猶謂作之者勞居之者淫此臺若鬼爲之則神勞矣使人爲之則人亦勞矣於是穆公大慙鄭玄禮記注曰凡穆或作繆悝猶嘲也如之何其以温故知新研覈是非近於此惑如奈也覈實也研審也先生言由余但西戎孤陋之臣耳尚知非秦

宮室之大如何公子雅好博古温故知新之德當審實事理之是非而返惑於此事論語曰温故知新可以爲師矣王褒責髯奴曰研覈否臧周姬之末不能厥政政用多僻姬周姓也末謂幽厲二主周末世之王多邪僻之政也善曰毛詩曰民之多僻也始於宮鄰卒於金虎鄰近也謂幽王近於宮室惑於襃姒卒有禍敗也金虎西方白虎神王金金白也善曰應劭漢官儀曰不制之臣相與比比周比周者宮隣金虎宮隣金虎言小人在位比周相進與君爲隣貪求之德堅若金讒謗之言惡若虎也嬴氏搏音附翼擇肉西邑嬴秦姓也周書曰無爲虎搏翼將飛入邑擇人而食也搏翼謂著翼也是時也七雄並爭競相高以奢麗七雄謂韓魏燕趙齊楚秦也爭謂各强盛而競相高以奢溢將爲國好不復顧於禮法也善曰荅賓戲曰七雄虓闞史記張釋之曰秦以苛察相高尚書曰弊俗奢麗也楚築章華於前趙建叢臺於後左氏傳曰楚子成章華之臺於乾谿一朝叛之於前在春秋之時史記曰趙武靈王起叢臺太子圍之三月於後在六國

之時善曰鄒陽上書曰全趙之時武力鼎士袨服叢臺之下臣瓚曰在邯鄲城内也秦政利觜長距終得擅場言秦以天下爲大場喻七雄爲鬬雞利喙長距者終擅一場也史記曰秦始皇秦襄王子名政説文曰擅專也思專其侈以莫己若莫無也若如也言始皇所以思專擅其奢侈者以天下之君無如於我也廼構阿房傍起甘泉三輔故事秦始皇上林苑中作離宫別觀一百四十六所不足以爲大會羣臣二世胡亥起阿房殿東西三里南北三百步下可建五丈旗在山之阿故號阿房也甘泉山名也戰國策范睢曰秦北有甘泉宫謂其下有甘泉水因以名之善曰阿房甘泉巳見上文結雲閣冠南山結連也雲閣閣名也高如雲故言雲三輔故事曰秦二世胡亥起雲閣欲與山齊冠覆也終南山在長安南征稅盡人力殫言征稅之賦盡於奢泰之用天下之力盡於長城與宫室也殫盡也善曰鄭玄禮記注曰征稅也毛萇詩傳曰稅斂也然後收以太半之賦威以參夷之刑漢書伍被曰秦作阿房宫收太半之賦韋昭曰凡數三分有二爲太

半言秦造宮室奢麗費用不足乃復收其太半之賦百姓賦稅不得者誅其三族漢書曰秦用商鞅之法造參
夷之誅參三也謂滅三族也其遇民也若薙氏之芟草所遇逢遇也銜周禮有薙
氏掌山澤芟除草營毛詩載芟載柞也既蘊崇之又行火焉左氏傳曰周任有言曰若
農夫之務去草芟夷蘊崇之杜預曰芟殺蘊積也崇聚也言秦始皇酷虐百姓如芟草積而放火焉傫傫
徒頰切黔首豈徒跼局高天蹐籍厚地而已哉乃救死
於其頸史記曰秦皇更名民曰黔首謂黑頭無知也跼蹐恐懼之貌也毛詩曰謂天蓋高不敢不跼蹐傴
僂也謂地蓋厚不敢不蹐蹐累足也謂此時之民非徒跼高天蹐厚地而已乃晝夜畏死其頸善曰豈非也老
子曰聖人在天下慄慄焉國語單襄公曰兵在其頸不可久也毆以就役唯力是視謂不
復知民有緩急與飢寒唯趍毆令作力而已善曰左氏傳曰除君之惡唯力是視言所觀者唯力是求餘無所
顧也百姓弗能忍是用息肩於大漢而欣戴高祖忍堪也言秦天

下之民若檐重物不得休息今來歸漢得息肩膊善曰左氏傳曰鄭成公疾子駟請息肩於晉杜預曰以負檐喻也國語曰祭公謀父曰商王大惡庶民不忍欣戴武王賈逵曰戴奉也**高祖膺籙受圖，順天行誅，杖朱旗而建大號**。膺籙謂當五勝之籙受圖卯金刀之語順天謂順天命而起又悟神姥之言舉朱旗而大呼天下之英雄與其定事也善曰春秋命厤引曰五德之運徵符合膺籙次相代周易曰順乎天漢書高祖立爲沛公旗幟皆赤故曰朱也周易曰渙汗其大號鄭玄曰號令也**所推必亡，所存必固**。言高祖所推擊者使之亡所存者使之堅固善曰尚書曰推亡固存邦乃其昌**掃項軍於垓下，紲子嬰於軹**紙**塗**。掃除也項項羽也垓地名漢王圍項羽於垓下羽聞四面有楚歌乃與數百騎走高祖使灌嬰追之斬羽東城紲猶繫也子嬰秦子嬰也善曰史記秦王子嬰乘素車白馬繫頸以組降於軹道旁也蘇林曰軹亭名在長安城東十三里**因秦宮室，據其府庫**。因仍也據就也府庫謂官吏所止爲府車馬器械所居曰庫也**作洛之制**

我則未暇作洛謂造洛邑也我我高祖也謂天下新造草創不暇改作如制禮也是以西匠營宮目翫阿房西匠謂秦之舊匠也目視也翫習也阿房宮名也漢書曰梧齊侯陽城人名延爲少府作長樂未央宮也規摹踰溢不度入不臧規圖也踰越也溢過也度法也臧善也謂西匠所圖越過不得禮法皆言不善也善曰聲類曰摹法也損之又損之然尚過於周堂損減也言高祖雖數損減其制度猶過於周家之堂善曰老子曰損之又損之以至於無爲也觀者狹而謂之陋帝已譏其泰而弗康觀視也陋小也康安也言觀者習見秦之奓麗睹今日之減小皆以爲陋然高祖猶已譏其泰而不安也謂七年冬上自將擊韓王信蕭丞相留長安營起未央宮立東闕前殿武庫太倉高祖見其壯麗怒曰何修宮室之過也且高既受命建家造我區夏矣高高祖也區區域也夏華夏也言高祖受上天之命建立國家制造區夏善曰毛詩曰文王受命作周也鄭玄曰受天命以王天下尚書盤庚曰永建乃家用肇造我區夏文又

躬自菲薄治致升平之德文文帝也躬自菲薄謂儉約漢書曰文帝欲作露臺召匠計直百金曰吾奉先帝宫室常恐太奢何用臺爲故文景之際號爲升平升平謂國太平也善曰禹菲薄飲食孝經鉤命決曰明王用孝升平致譽武有大啓土宇紀禪肅然之功武武帝也漢書武紀曰定越地爲南海七郡北置朔方等五郡故云大啓土宇啓開也紀記也肅敬也謂登封太山升禪肅然善曰尚書曰建邦啓土毛詩曰大啓爾宇宣重直用威以撫和戎狄呼韓來享宣宣帝也漢書宣紀曰呼韓邪單于款五原塞願奉國珎毛詩曰自彼氐羌莫敢不來享享獻也撫安也戎狄呼韓並國名也左氏傳曰子教寡人和戎狄言宣帝能和戎狄咸用紀宗存主饗祀不輟咸皆也紀録也宗太宗文帝廟號也主木主言刻木爲人主神置廟中而祭之輟止也凡天子五世則廢今廟不遷毀其主各四時祭祀無止絶時善曰漢書景紀曰高皇帝爲太祖廟文皇帝爲太宗廟言天子宜世世獻祖宗之廟也鄭玄論語注曰輟止也銘勳彝器歷世彌光彝常也宗廟之器稱

彝勲功也歷經也彌益也銘勒也勒銘於宗廟之器于鐘鼎萬祀彌益光明善曰左氏傳臧武仲曰夫以大伐小取所得彝器銘其功烈以示子孫也字林曰銘題勒也

今捨純懿而論爽德（爾雅曰純大懿美也爽差也今公子反舍四帝純大懿美之德而專論説爽差之過失者也善曰國語曰實有爽德賈逵曰爽貳也）

以春秋所諱而爲美談（春秋諱國之惡今公子反以爲美談也善曰公羊傳曰大惡諱之小惡書之又云魯人至今以爲美談也）

宜無嫌於往初故蔽善而揚惡祇吾子之不知言也（宜之言義也無猶不也祇是也今公子之義不嫌於蔽國之善揚國之惡是公子之不知言也善曰説苑楚文侯曰邑中豪好蔽善而揚惡可親問之論語子曰不知言無以知人也毛萇詩傳曰祇適也）

必以肆奢爲賢則是黄帝合宫有虞總期固不如夏癸之瑶臺殷辛之瓊室也（肆放也賢善也謂黄帝明堂以草蓋之名曰合宫舜之明堂以草蓋之名曰總章言難公子黄帝等造此是守儉也善曰尸子曰欲觀黄帝之

行於合宮觀堯舜之行於總章章期一也汲冢古文曰夏桀作傾宮瑤臺殫百姓之財紂作瓊室立玉門也

湯武誰革而用師哉 湯謂殷湯武謂武王革改也言誰遣革改殷紂夏桀而用師哉以其奢侈淫放所以湯武順天命而行罰之此譏西京公子也善曰湯武革命已見東都賦孔叢子曰舜禹揖讓湯武用師非相詭乃時也

盍合亦覽東京之事以自寤乎 盍猶何不也覽視也自寤自覺寤也言公子何不視東京之行事心自覺寤耶

且天子有道守在海外 淮南子曰若天下無道守在四夷天下有道守在海外言四夷皆爲臣僕善曰鄭玄禮記注曰道謂仁義也

守位以仁 綜作人

不恃隘害 仁謂衆庶也隘險也言要須擇任賢臣不以隘害爲牢固善曰周易曰何以守位曰仁也

苟民志之不諒何云巖險與襟帶 苟誠也諒信也公子稱巖險周固襟帶易守故令荅曰誠使人心不信何用周固反易守乎善曰李尤函谷關銘曰襟帶咽喉也

秦負阻於二關卒開項而受沛 負恃也卒終也言負二關以爲牢固終受二人

所入也二人謂高祖從武關入項羽從函谷關入善曰漢書曰沛公使兵守函谷關項羽使黥布攻破之至戲下又云沛公攻武關入秦應劭曰武關秦南關彼偏據而規小豈如宅中而圖大彼謂秦也據依也言彼秦偏據關西所規近在二關之內故云小也豈如東京居天地之中所圖者四海之外善曰尚書曰自服于土中孔安圖曰洛邑地勢之中孔叢子曰子貢謂東郭充曰今子位卑而圖大昔先王之經邑也先王謂周成王也邑洛邑也善曰毛萇詩傳曰經度也掩觀九隩靡地不營掩猶及也九隩謂九州之內也靡地不營謂徧求之卜瀍澗及黎水皆不吉善曰新序曰營度也九隩合道四海也土圭測景不縮不盈鄭玄曰土度也縮短也盈長也謂圭長一尺五寸夏至之日豎八尺表日中而度之圭影正等天當中也若影長於圭則太近北圭長於影則太近南近北多寒近南多暑近東多風近西多雨總風雨之所交然後以建王城總猶括也王城今河南也周禮曰土圭之法測土深正日景以求地中四時之所交風雨之所會陰陽之所和乃建

王國也審曲面勢審度也謂審察地形曲直之勢而建王都善曰周禮曰或審曲面勢以飭五材以辨民器鄭司農曰察五材曲直方面形勢之宜也泝素洛背河左伊右瀍泝向也洛洛水河黃河伊伊水瀍瀍水善曰尚書曰予朝至于洛師卜澗水東瀍水西惟洛食孔安國曰洛出上洛山伊出陸渾山瀍出河南北山西阻九阿東門于旋謂東有旋門在成臯西南十數里阪形周屈故曰于旋善曰穆天子傳曰天子西升九阿郭璞曰旋今新安縣十里有九坂阻險也阿曲也盟津達其後太谷通其前孟津四瀆之長故武王爲諸侯約誓於其上尚書曰東至于盟津盟津地名在洛北都道所湊古今以爲津太谷在輔氏北洛陽西也洛陽記曰太谷洛城南五十里舊名通谷迴行道乎伊闕邪徑捷乎轘轅伊闕山名也轘轅阪名也迴曲也捷邪也謂大道迂曲乃當伊闕之外邪徑趣疾當歷轘轅善曰賈逵國語注曰道由也史記吳起曰桀之居伊闕王逸楚辭注曰捷疾也左氏傳注曰捷邪出也漢書曰沛公從轘轅薛綜曰轘轅坂十二曲道將去復還故曰轘轅臣瓚曰在緱氏東南大室作

鎮揭竭以熊耳大室嵩高別名也揭猶表也言以嵩高之嶽爲國之鎮也復表以熊耳之山善曰郭璞山海經注曰大室在陽城縣西羽獵賦曰揭以崇山熊耳山名也尚書傳曰熊耳山在宜陽之西也

底柱輟流鐔徒南以大岯底柱山名也在河東縣東南向居河中猶柱然也輟止也善曰尚書曰導河至於底柱東過大岯韻集曰鐔劒口也言大岯之險同乎劒口也莊子曰天子之劒以周宋爲鐔

温液湯泉黑丹石緇言泉水如湯浴之可以除病在河南梁縣界中也黑丹石緇謂黑石雜色也言温液即湯泉之流黑丹石緇之所出善曰孝經援神契曰德至于山陵則出黑丹張揖子虛賦注曰𠃨厲黑石可用磨也

王鮪岫居能奴來鼈三趾山有穴曰岫也王鮪魚名也居山穴中長老言王鮪之魚由南方來出此穴中入河水見日目眩浮水上流行七八十里釣人見之取之以獻天子用祭其穴在河南小平山善曰周禮曰春獻鮪鄭𠃨曰王鮪魚之大者山海經曰陽狂水西南流注于伊水中有三足鼈爾雅曰鼈三足曰能

宓妃攸館神用挺紀攸所也館舍也傳曰成王遷九鼎於

洛邑卜年七百卜世三十後皆如其言故云神所挺紀謂告年紀之處也善曰楚辭曰迎宓妃於伊洛王逸曰宓妃神女蓋伊洛之水精**龍圖授羲龜書畀姒**尚書傳曰伏羲氏王天下龍馬出河遂則其文以畫八卦謂之河圖又曰天與禹洛出書謂神龜負文而出列於背善曰爾雅曰畀賜也史記禹姓姒氏**召伯相宅卜惟洛食**相視也宅居也惟有也食謂吉兆善曰尚書曰召公既相宅卜惟洛食孔安國曰卜必先墨畫龜然後灼之兆順食墨吉也**周公初基其繩則直**謂初造洛邑言召公先相宅卜之吉周公繩度之合於制度善曰尚書曰周公初基作新大邑于東國洛毛詩曰其繩則直毛萇曰言不失繩直之宜也**萇**直良**弘魏舒是廓是極**萇弘周大夫也魏舒晉大夫獻子也廓猶規也極致也謂二人率諸侯曰敬以致功規度王城三旬而立之善曰國語曰敬王十年劉文公與萇弘欲城周爲之告晉左氏傳曰晉魏舒合諸侯之大夫以城周也**經途九軌城隅九雉**南北爲經途道也軌車轍也善曰周禮國中經途九軌鄭玄曰塗容九軌軌謂轍廣也又周禮曰王城

隅之制九雉鄭玄云雉度也謂高一丈長三丈爲雉度徒洛堂以筵度室以几堂明
堂也筵席也長九尺几俎也長七尺善曰周禮曰室中度以几堂上度以筵京邑翼翼四方
所視京大也大邑謂洛陽也翼翼禮儀盛貌言常爲四方觀翼翼然也善曰毛詩曰商邑翼翼四方之極
漢初弗之宅故宗緒中圮痞緒統也圮絶也漢家不居於洛故宗廟之統中
途廢絶也巨猾間去聲舋許覲竊弄神器巨王莽字巨君也猾狡也間候也舋隙也
神器帝位也言王莽因成哀無嗣元后秉政漢祚微弱簒處高位善曰老子曰天下神器不可爲也爲者敗之韋昭
漢書注曰神器天子璽也歷載三六偷安天位載年也三六十八年謂王莽簒位一
十八年也天位帝位也善曰尚書曰天位艱哉于時蒸民罔敢或貳于於也蒸衆也罔無
也言是時衆民無敢有二心於莽者毛詩曰于時言言尚書蒸民乃粒其取威也重矣威畏
也重猶多也謂爲天下所畏已者多矣善曰左氏傳先軫曰報施救患取威定霸我世祖忿

之世祖光武也忿恚疾王莽威重如此也乃龍飛白水鳳翔參所今墟白水謂南陽白水縣也世祖所起之處也初爲更始大司馬討王郎於河北北爲參虛分野龍飛鳳翔以喻聖人之興也善曰周易曰飛龍在天大人造也授鉞四七共工是除授與也鉞斧鉞也四七二十八將也共工霸天下者以喻王莽也六韜曰凡國有難君召將以授斧鉞漢書曰顓頊有共工之陣以定水災

欃槍旬始羣凶靡餘欃槍星名也謂王莽在位如妖氣之在天世祖除之凶惡無餘爾雅曰彗星爲欃槍也旬始妖氣也史記曰旬始狀如雄雞也靡無也今言世祖除凶賊無有遺餘也區宇乂寧思和求中天地之內稱寓言海內既已乂安思求陰陽之和天地之中而居之睿哲玄覽都茲洛宮睿聖也玄通也言通見此洛陽宮也善曰尚書曰睿作聖明作哲老子曰滌除玄覽河上公曰心居玄冥之處覽知萬物故謂之玄覽王弼曰玄物之極也廣雅曰玄遠也曰止曰時昭明有融曰辭也時是也融長也言當止居是洛邑必有昭明之德長久之道也善曰毛詩曰曰止曰時

昭明有融既光厥武仁洽道豐止戈曰武謚法曰功格天下曰光尅定禍亂曰武洽合也豐盛也世祖既能止戈故謚光武言仁義之道大豐盛也善曰洽霑也登岱勤封與黃比崇登上也岱泰山也謂王者功成作樂治定制禮故封泰山勤功於石以紀號也黃黃帝也史記曰崇高也言世祖與黃帝比其尊號善曰史記曰黃帝封泰山禪云亭司馬彪續漢書曰建武三十二年乃封禪孔安國尚書傳曰崇尊也逮至顯宗六合殷昌逮及也殷盛也昌熾也顯宗明帝號也六合天地四方也善曰呂氏春秋曰神通乎六合高誘曰四方上下為六合也乃新崇德遂作德陽崇德德陽皆殿名也崇德在東德陽在西相去五十步啓南端之特闈立應門之將將啓開也端門南方正門應門中門也善曰爾雅曰宮中門謂之闈洛陽宮舍記曰洛陽有端門毛詩曰應門將將毛萇曰將將嚴正之貌昭仁惠於崇賢抗義聲於金商崇賢東門名也金商西門名也謂東方為木主仁如春以生萬物昭天子仁惠之德故立崇賢門於東也西為

金主義，音爲商，若秋氣之殺萬物，抗天子德義之聲，故立金商門於西。善曰：漢書曰：角爲木爲仁，商爲金爲義也。

飛雲龍於春路，屯神虎於秋方。德陽殿東門稱雲龍門，德陽殿西門稱神虎門。神虎，金獸也。秋方，西方也。飛，飛龍也。易曰：雲從龍。爲水獸。春路，東方道也。善曰：漢書曰：東宮蒼龍。又曰：東方於時爲春。宮殿簿：北宮有雲龍門。王逸楚辭注曰：屯，陳也。漢書曰：西宮白虎。又曰：西方於時爲秋。宮殿簿：北宮有神虎門。

建象魏之兩觀，旌六典之舊章。象魏，闕也，一名觀也。旌，表也。言所以立兩觀者，欲表明六典舊章之法，謂懸書于象魏，浹日而歛之。善曰：周禮曰：太宰掌建邦之六典，一曰治典，二曰教典，三曰禮典，四曰政典，五曰刑典，六曰事典。舊章，法令條章也。左傳曰：舊章不可忘。

其内則含德章臺，天禄宣明，温飭迎春，壽安永寧。八殿皆以休令爲名，美時君之德在應門之内也。

飛閣神行，莫我能形。言閣道相通，不在於地，故曰飛。人不見行往，故曰神。形，謂天子之形容。言我無能說其形狀也。

濯龍芳林，九谷八溪。洛陽圖經曰：濯龍，池名，故歌曰濯龍望如海河橋渡似雷芳林苑名九谷八溪養魚池**芙蓉覆水秋蘭被涯**音宜芙蓉荷華也秋蘭香草生水邊秋時盛也善曰楚辭曰秋蘭兮青青鄭玄注周易曰蘭香草也被亦覆也**渚戲躍魚淵游龜蠵**音惟渚水渚也戲游也躍跳也毛詩曰王在靈沼於牣魚躍蠵龜類也凡此物謂取有時非時則恣之游戲不驚動也**永安離宮脩竹冬青**永安宮名也脩長也冬青謂不彫落也**陰池幽流玄泉洌清**水稱陰幽流謂伏溝從地下流通於河也水黑色故曰玄泉洌清澄貌善曰楚辭曰臨沅湘之玄淵毛詩曰洌彼下泉**鵯**匹**鶋**居**秋棲鶻**骨**鵃**竹交**春鳴**爾雅曰鷽斯鵯鶋郭璞曰鵯鶋匹鳥腹下白也又曰鶌鳩鶻鵃郭璞曰鶻鵃似山鵲頭尾青黑色秋棲春鳴謂各得其性也**鴡**七余**鳩麗**离**黃關關嚶嚶**爾雅曰鴡鳩王鴡也郭璞曰鴡鶻鵃類也又曰鶬鶊鵹黃也郭璞曰鸝黃黑也關關嚶嚶謂音聲和也**於南則前殿靈臺龢驩安福**前殿露寢也靈臺臺名也龢驩安福二殿名並在德

陽殿之南謻直移門曲榭邪阻城洫謻門氷室門也臺有木曰榭阻依也洫城下池氷室門及榭皆屈曲邪行依城池爲道也奇樹珍果鉤盾垂允所職奇異也珍貴也鉤盾今官主小苑善曰鉤盾五丞也爾雅曰職主也西登少華亭候修勑登升也竝有亭有候也修治也勑整也謂西園中有少華之山九龍之內寔曰嘉德九龍本周時殿名也門上有三銅柱柱有三龍相糺繞故曰九龍嘉德殿名在九龍門內也西南其户匪雕匪刻毛詩曰西南其户不雕不刻尚質也言殿舍之多其户或西或南也我后好約乃宴斯息我后謂明帝也宴安也息止也善曰周易曰君子以嚮晦入宴息也於東則洪池清蘌語渌水澹澹徒敢內阜川禽外豐葭菼洪池名也在洛陽東三十里阜多也豐饒也內多魚鼈外饒蘆薍也善曰漢書音義應劭曰蘌在池水上作室可用棲鳥鳥入則捕之髙唐賦曰水澹澹而盤紆說文曰澹澹水搖皃也爾雅曰葭葦也菼薍也薍五患切獻鼈蜃與

龜魚供蝸古花蠯蒲佳與菱芡蝸螺也菱芰也芡雞頭也善曰周禮曰春獻鼈蜃秋獻龜魚祭祀供蜱蠃蚳鄭玄曰蜃大蛤也杜子春曰蜃蜯也蜱與蠯同禮記曰蝸醢而苽食周禮曰加籩豆之實有菱芡也其西則有平樂都場示遠之觀平樂觀名也都謂聚會也爲大場於上以作樂使遠觀之謂之平樂在城西也龍雀蟠盤蜿紆元天馬半漢龍雀飛廉也天馬銅馬也蟠蜿半漢皆形容也善曰華嶠後漢書曰明帝至長安迎取飛廉并銅馬置上西門平樂觀也瑰異譎詭燦爛炳煥瑰奇也譎詭變化也燦爛炳煥絜白鮮明之貌奢未及侈儉而不陋言皆合於禮故奢不至侈故儉不至陋也規遵王度動中得趣規摹也遵循也趣意也度先王之法度舉動合禮之意也家語孔子曰公甫之婦動中得趣於是觀禮禮舉儀具具足也言觀王之光明禮儀皆具也善曰左氏傳曰諸侯宋魯於是觀禮經始勿亟居力成之不日勿猶不也亟急也成之不日言不用一日即成之善

曰毛詩曰經始勿亟庶人子來毛萇曰經度也又曰庶民攻之不日成之**猶謂爲之者勞居之者逸**勞苦也逸樂也善曰賈子曰翟王使使者之楚楚王饗客於章華之臺楚王曰翟亦有臺乎使者曰翟王茅茨不剪采椽不斲猶以作者大勞居者大逸也**慕唐虞之茅茨思夏后之卑室**唐唐堯也虞虞舜也夏后夏禹也善曰墨子曰堯舜茅茨不剪采椽不刊說文曰茅茨蓋屋也論語云禹卑宮室而盡力於溝洫也**乃營三宮布教頒**班**常**三宮明堂辟雍靈臺頒布也常舊典也所以行教化布典禮之宮也**複**福**廟重屋八達九房**複廟重覆也重屋重棟也謂明堂廟屋前後異制善曰禮記曰複廟重檐達鄉謂天子廟飾也大戴禮曰明堂九室而有八牖然九室則九房也八牖八達也**規天矩地授時順鄉**謂宮室之飾圓者象天方者則地也鄉方也言頒政賦教常隨時月而居其方月令曰孟春居蒼龍左个善曰大戴禮曰明堂者上圓下方范子曰天者陽也規也地者陰也矩也三輔黃圖曰明堂方象地圓象天又曰明堂順四時行令也**造舟清池惟**

水泱泱央造舟以舟相比次爲橋也毛詩曰造舟爲梁泱泱水流貌善曰毛詩曰瞻彼洛矣惟水泱泱左制辟雍右立靈臺言德陽殿東有辟雍於西有靈臺謂於其上班教令者曰明堂大合樂射鄉者曰辟雍司歷紀候節氣者曰靈臺也因進距衰表賢簡能進善也衰老也言因其進則舉而用之衰減者拒而退之謂擇賢以大射所以表明德行簡錄其能否謂辟雍也善曰尸子曰治國有四術一忠愛二無私三用賢四簡能爾雅曰簡猶擇也馮皮冰相息亮觀祲浸祈禠絲禳災善曰周禮曰春官宗伯馮相氏掌歲日月星辰之位辨其災祥以爲時候鄭玄曰馮乘也相視也祲謂陰陽氣相浸漸以成災也祈求福也禳除也災禍也謂求祈福而除災害也爾雅曰禠福也鄭玄周禮曰却變異曰禳於是孟春元日羣后旁戾尚書曰正月元日舜格于文祖孟春正月也元日正日也羣后公卿之徒也旁四方也戾至也言諸侯正月一日從四方而至各來朝享天子也百僚師師于斯胥洎尚書曰百僚師師百僚謂百官也師師謂相師法也胥相也洎及也言元日百官於

此相連及來朝貢也而藩國奉聘要荒來質綜曰謂王侯藩稱國也言要荒之外所奉聘令者盡來朝見善曰周禮曰鎮服外五百里曰藩服魏相上封曰顯明功臣以鎮藩國鄭司農周禮注曰衆來曰頫寡來曰聘尚書曰五百里要服又五百里荒服漢書曰樓蘭王遣子質漢也具惟帝臣獻琛執贄具之言俱也獻貢也琛寶也執持也贄禮也言藩國來貢者謂隨土所出寶而貢之也善曰萬邦黎獻具惟帝臣毛詩曰來獻其琛封禪書曰百蠻執贄周禮曰以六禽作六贄鄭玄曰贄之言至也所執以自致也當覲乎殿下者蓋數萬以二覲見也言於此之時當入見於殿下者可數萬人分於闕下夾道爲二部爾乃九賓重平臚盧人列言鴻臚所主羌胡之人皆羅列於朝廷也善曰漢書曰羣臣朝十月儀大行人設九賓臚句傳韋昭曰九賓則周禮曰九儀謂公侯伯子男孤卿大夫士也臚傳也次以傳上令也蘇林曰上傳語告下臚下傳告上句臚猶行也二訓雖殊皆以行上語爲臚也崇牙張鏞庸鼓設崇牙栒虡上板作鉏鋙者橫曰栒植曰虡張謂樹之

以縣鍾鼓也善曰毛詩曰崇牙樹羽又曰鏞鼓有斁毛萇詩傳大曰鏞郎將司階虎戟交鎩殺言虎賁中郎將主夾階而立虎賁或執戟或持鎩而相對也交鎩謂交加而設兵器也善曰漢書曰儀兵郎中夾階說文曰鎩鈹有鐔龍輅充庭雲旗拂霓馬八尺曰龍輅天子之車也故曰龍輅充滿也庭朝廷旗謂熊虎爲旗爲髙至雲故曰雲旗也楚辭曰載雲旗之逶夷拂至也霓天邊氣也夏正三朝庭燎晢晢夏家建寅之正漢家所用也三朝歲月日朝晢晢大光明也善曰東都賦曰春王三朝三朝歲首朔日也毛詩曰夜如何其夜未艾庭燎晣晣撞洪鍾伐靈鼓撞鏗也伐擊也靈鼓六面鼓也善曰周禮曰靈鼓靈鼗旁震八鄙軯普耕礚苦代隱訇火宏旁四方也震驚也八鄙四方與四角也軯礚隱訇鍾鼓之聲也若疾霆轉雷而激迅風也霆霹靂也迅疾也言鍾鼓之聲又若雷霆之相轉亦如急風之迅疾也是時稱警蹕已下雕輦於東廂警謂清道也輦人挽車彫謂有彫飾也殿東西次爲廂善曰漢書儀注曰

皇帝輦動則左右侍帷幄者稱警孔安國尚書傳曰雕刻鏤也**冠通天佩玉璽**通天冠名也佩帶也玉璽天子印也蔡雍獨斷曰天子冠通天**紆皇組要干將**紆垂也皇大也組綬也干將劍名也越絕書曰楚王令歐冶子干將爲鐵劒三枚一曰龍淵二曰太阿三曰工市也吳越春秋曰干將者吳人造劒二枚一曰干將二曰莫耶**負斧扆次席紛純**白與黑謂之斧扆屏風樹之坐後也次席竹席也紛純謂以組爲緣善曰禮記曰天子負斧扆南向而立鄭玄曰負之言背也周禮曰大朝覲王設黼依設莞席紛純次席黼純左右玉几次席紛純謂二席俱設互言之**左右玉几而南面以聽矣**周禮曰天子左右玉几鄭玄曰左右有几優至尊也善曰周易曰離者明也南方之卦也聖人南面聽天下嚮明而治蓋取於此也**然後百辟乃入司儀辨等**百辟諸侯也司主也儀法也辨別也言百官有分別者謂司主之次也善曰百辟其刑之周禮曰司儀主禮掌九儀之賓客分別五等之諸侯左傳臧僖伯曰明貴賤辯等差**尊卑以班璧羔皮帛之贄既**

奠班位次也謂尊卑有等差也善曰國語曰班爵貴賤以列之周禮曰子執穀璧孤執皮帛卿執羔大夫執鴈士雉各有次第奠置也天子乃以三揖之禮禮之善曰周禮曰王土揖庶姓時揖異姓天揖同姓鄭玄曰庶姓無親者也土揖推手小下之也異姓昏姻也時揖平推手也天揖推手小舉之又曰諸侯心平手禮伯男手在心下禮外國君在心上禮穆穆焉皇皇焉濟濟焉將將焉信天下之壯觀也壯觀言天下之人壯大觀覽也禮記曰天子穆穆諸侯皇皇大夫濟濟士將將鄭玄曰威儀容止之貌史記曰天下之壯觀也乃羨公侯卿士登自東除羨延也登進也謂命之上殿也天子從中階諸侯從東西階善曰東除除堦也訪萬機詢朝政尚書曰一日二日萬機言機微之事日有萬種詢謀也謂與謀朝政有所先後者也勤恤民隱而除其眚恤憂也隱痛也眚病也言有隱痛不安者令憂恤之也善曰國語祭公謀父曰勤恤民隱而除其害也人或不得其所若己納之於隍隍城下坑無水者善曰孟子曰

伊尹思天下之民匹夫匹婦不與被堯舜之澤者若已推而納之於溝中也鄭玄毛詩箋曰納內也說文曰城池無水曰隍

荷天下之重任匪怠皇以寧靜荷負也怠懈也皇暇也言無有懈怠於寧靜者謂常有所憂也善曰孫卿子曰國者天下之大器也重任也可不善擇而後錯之毛詩曰不敢迨遑

發京倉散禁財發開也京大也禁藏也善曰尚書曰散鹿臺之財發鉅橋之粟毛詩曰曾孫之庾如坻如京

賚皇寮逮輿臺賚賜也皇寮百官也逮及也言天子散發禁庫之財無問貴賤皆賜及之善曰左氏傳曰人有十等王臣公公臣大夫大夫臣士士臣皁皁臣輿輿臣隸隸臣寮寮臣僕僕臣臺漢書公卿言曰陛下出禁錢以振元元應劭曰少府掌山澤陂池之稅名曰禁錢以給私養

命膳夫以大饗饔餼浹乎家陪周禮曰膳夫主食之官熟曰饔腥曰餼浹徧也家陪謂公卿大夫之家善曰毛詩曰牲牢饔餼論語曰陪臣執國命

春醴惟醇燔炙芬芬醇厚也燔炙謂炙肉也芬芬香氣盛也善曰毛詩曰爲此春酒又曰燔炙芬芬呂氏春秋曰厚酒肥肉

君臣

歡康具醉熏熏康樂也具俱也熏熏和說貌言君臣皆歡樂而和說也善曰毛詩曰公尸來止熏熏毛萇曰熏熏和悅也千品萬官已事而踆七旬已止也踆退也謂品秩官僚等並止事而退還也善曰國語曰觀射父曰百姓千品萬官億醜管仲曰有司已事而竣踆與竣同也勤屢省昔井懋乾乾屢數也省察也懋勉也乾乾敬也善曰尚書曰屢省乃成周易曰君子終日乾乾也清風協於玄德淳化通於自然協同也淳厚也玄天也自然通神明也言帝如此清惠之風同於天德淳厚之化通於神明也善曰孔安國尚書傳曰風教也老子曰爲而不持長而不宰是謂玄德王弼曰玄德者皆有德不知其至出于幽冥者也老子曰天法道道法自然王弼曰自然者無稱之言窮極之辭憲先靈而齊軌必三思以顧愆憲法也先靈先聖之神靈即謂堯舜也愆過也齊同也軌迹也言有事能思信與先聖同軌迹也善曰論語曰季文子三思而後行招有道於側陋開敢諫之直言招明也有道言使郡國於側陋之中舉有道之士而用之也直言謂直諫

者也善曰尚書曰明明揚側陋漢書曰舉能直言極諫者聘丘園之耿絜旅束帛之戔戔耿清也旅陳也謂有清絜者也言丘園中有隱士貞絜清白之人聘而用之束帛謂古招士必以束帛加璧於上周易曰六五賁于丘園束帛戔戔王肅云失位無應隱處丘園蓋蒙闇之人道德彌明必有束帛之聘也戔戔委積之貌也上下通情式宴且盤上謂君下謂臣式用也盤樂也言君情通於下臣情達於上故能國家安而君臣歡樂也善曰墨子曰古者聖王惟能審以尚同是故上下通情毛詩曰嘉賓式宴以樂也及將祀天郊報地功善曰將欲也白虎通曰祭天必在郊者天體至清故祭必於郊取其清絜也周禮以正月上辛郊祀告于上帝祭天而郊以報去年土地之功京房易占曰立秋報地功祈福乎上玄思所以爲虔祈求也玄天也玄黄天地言天子祭天地之際思念所以盡其忠敬善曰禮記曰共皇天上帝之神以爲人祈福周易曰天玄而地黄也肅肅之儀盡穆穆之禮殫殫盡也善曰毛詩頌曰至止肅肅禮記曰天子穆穆然後以獻精

誠奉禋祀曰允矣天子者也獻進也允信也天子言是天帝之子也善曰國語曰精意以享謂之禋祀周禮曰以禋祀祀昊天上帝毛詩曰允矣君子乃整法服正冕帶整理也冕所謂平天冠也言天子素帶朱裏謂三皇巳來始冕冕制有數種鄭玄曰長一尺七寸廣八寸前圓後方以珠玉飾之也法服謂衣服並有法度善曰孝經曰非先王之法服不敢服珩行紞丁敢紘宏綖玉笄綦其會笄簪也謂以玉飾之善曰左氏傳曰珩紞紘綖昭其度也杜預曰珩維持冠者紘纓從下上者紞冠之垂者也綖冠上覆者周禮曰王之五冕玉笄也又曰王之皮弁會五采玉琪鄭玄曰會縫中琪如綦綦謂結皮弁於縫中每貫結五采玉十二以爲飾謂之綦會火龍黼黻藻繂律鞶厲善曰左氏傳曰火龍黼黻昭其文也藻繂鞞鞛鞶厲斿纓昭其數也杜預曰火畫火也龍畫龍也白與黒謂之黼黻兩己相戾也藻繂以韋爲之所以藉玉鞞佩刀削上飾鞛下飾鞶厲紳帶之垂者斿旌旗之斿纓在馬膺前結飛雲之祫輅樹翠羽之高蓋祫輅次車也次車樹翠羽爲蓋如雲飛也今世謂之

羽蓋車也善曰高唐賦曰翠爲蓋**建辰旒之太常紛焱**一作飆**悠以容裔**辰謂日月星也畫之於旌旗垂十二旒名曰太常上畫三辰以象天明也謂天子十二旒諸侯九旒大夫三旒紛盛也悠從風貌容裔高低之貌焱火花也言風鼓動旌旗紛紜盛亂如火花之飛起善曰周禮曰日月爲常左氏傳曰三辰旂旗昭其明也**六玄虯之奕奕齊騰驤而沛艾**六六馬也玄黑也天子駕六馬騰驤趣走也奕奕光明沛艾作姿容貌也善曰甘泉賦曰六玄虯毛詩曰四牡奕奕司馬相如大人賦曰沛艾赳螑**龍輈華轙**蟻**金鋄**亡犯**鏤鍚**輈車轅轅端上刻作龍頭也華采畫也善曰爾雅曰載轡謂之轙郭璞曰在軾上環轡所貫也蔡雍曰金鋄者馬冠也高廣各五寸上如玉華形在馬髦前鏤彫飾也當顱刻金爲之毛詩曰鉤膺鏤鍚**方釳**乞**左纛鉤膺玉瓖**音襄方釳謂轅旁以五寸鐵鏤鍚中央低兩頭高如山形而貫中以翟尾結著之轅兩邊恐馬相突也左纛以旄牛尾大如斗置騑馬頭上以亂馬目不令相見也鉤膺當匈也瓖馬帶玦以玉飾也善曰廣雅曰釳許乞切**鑾聲噦噦**

和鈴鈌鈌於良切鑾在衡和在軾皆以金爲鈴也噦噦和鳴聲鈌鈌小聲善曰毛詩曰鑾聲噦噦和
鈴鈌鈌重輪貳轄疏轂飛軨零蔡雍獨斷曰乘輿重轂外復有一轂副轄其外
乃復設轄然重輪即重轂也飛軨以緹紬廣八尺長柱地畫左青龍右白虎繫軸頭取兩邊飾蔡雍月令章句
曰疏鏤也羽蓋威蕤葩瑵爪曲莖羽蓋以翠羽覆車蓋也威蕤羽貌葩爪悉以金作華
形莖皆曲蔡雍獨斷曰凡乘輿車皆羽蓋金華爪與瑵同順時服而設副咸龍旂而
繁纓五時之服各隨其車車各一色以爲副貳副車各一乘今謂之五帝車也龍旂者交龍爲旂也鞶今之馬
大帶也纓馬鞅也善曰毛詩曰龍旂陽陽周禮曰玉路鍚樊纓鄭玄曰樊讀如鞶謂今之馬大帶也繁與鞶古字通
立戈迤戛農輿輅木戈謂木勾矛戟也戛長矛也矛置車上邪柱之是謂戎輅農輿無蓋
所謂耕根車也言耕稼於藉田乘馬無飾故稱木善曰迤邪也屬車九九乘軒並轂副車
曰屬言相連也屬車有藩者曰軒皆在後爲三行故曰
並轂善曰漢雜事曰諸侯貳車九乘秦滅九國兼其車

服故大駕屬車八十一乘璭伏弩重旃朱旄青屋通帛曰旃朱旄旄牛尾赤色者也青
屋青作蓋裏也善曰說文曰璭車蘭閒皮篋以安其弩也徐廣車服志曰輕車置弩於軾上載以屬車然置弩
於璭曰璭弩奉引既畢先輅乃發奉引謂引道者言引道之次已定前車乃發善
曰漢宮儀曰大駕則公卿奉引尚書曰先路在左塾之前鸞旗皮軒通帛綪蒨斾鸞旗
謂以象鸞鳥也皮軒以虎皮爲之善曰蔡邕車服志曰鸞旗俗人名曰雞翹上林賦曰前皮軒後道斿通帛曰
旃國語曰分魯公以少帛綪茷韋昭曰綪茷大赤也雲罕九斿闟戟轇膠輵葛雲罕
旃旗之別名也九斿亦旗名也闟鋋也轇輵雜亂貌善曰上林賦曰載雲罕說文曰斿旍施流也史記曰趙良
謂衛鞅曰君之出也操闟戟者旁車而趨王逸楚辭注曰轇輵參差縱橫也髶而利髦被繡虎夫
戴鶡髶髦髦頭葺騎也善曰漢書羿爲髦頭應劭曰繡衣在天子乘輿之前鶡鷙鳥也鬬至死乃止令武
士戴之取猛也司馬彪續漢書曰虎賁騎皆鶡冠駙承華之蒲梢飛流蘇之騷

殺桑葛 駙副馬也承華廐名也言取華廐之蒲梢以為副馬也漢官儀有承華廐善曰後宮蒲梢汗血之馬流蘇五采毛雜之以為馬飾而垂之續漢書曰駙馬赤珥流蘇摯虞決疑要注曰凡下垂為蘇騷殺垂貌

總輕武於後陳奏嚴鼓之嘈囋才達 後陳者謂北軍五營兵在後陳列嘈囋鼓聲善曰漢書曰隤銅丸以擿鼓聲中嚴鼓之節晉灼曰疾擊鼓

戎士介而揚揮戴金鉦而建黃鉞 戎兵也士士卒也介甲也揮為肩上絳幟如燕尾者也金鉦鐲鐃之屬也黃鉞以黃金飾之善曰左氏傳廚人濮曰揚徽者公徒也徽與揮古字通蔡邕獨斷曰乘輿後有金鉦黃鉞

清道案列天行星陳 清道謂蹕止行者列猶次也言天子行如上天之星行羅列有次善曰司馬相如上疏曰清道而後行周易曰天行健尚書大傳曰明明上天爛然星陳

肅肅習習隱隱轔轔 肅肅敬貌習習行貌隱隱衆多貌轔轔車聲也

殿岾未出乎城闕斾巳反乎郊畛諸鄰 殿後軍也斾前軍也郊畛謂郊界也言從之多後猶未出城闕前巳迴於郊郊界也善曰論語曰孟

之反不伐奔而殿宋衷太玄經注曰畛界也盛夏后之致美爰敬恭於明神盛猶嘉也夏后禹也言今嘉欲行禹之事爰布恭敬於神明也善曰論語曰惡衣服而致美於黻冕菲飲食而致孝於鬼神毛詩曰恭敬明神也爾乃孤竹之管雲和之瑟孤竹國名出竹善曰周禮曰孤竹之管雲龢之瑟和與龢古字通鄭玄曰孤竹特生者也雲和山名也出美木用爲瑟其聲清亮也雷鼓鼝鼝六變既畢雷鼓八面鼓也凡樂六變爲一成則更奏畢盡也善曰周禮曰雷鼓路鼗奏之若樂六變一變川澤之神見二變山林之神見三變丘陵之神見四變墳衍之神見五變地神見六變天神見毛詩鼓鼝鼝冠華秉翟列舞八佾冠華以鐵作之上闊下狹以翟雉尾飾之舞人頭戴一行羅列八人八八六十四人謂今麥策花也穀梁傳曰舞夏天子八佾善曰蔡邕獨斷曰大樂郊祀舞者冠建華冠毛詩曰右手秉翟馬融論語注曰佾列也元祀惟稱羣望咸秩元大也祀祭也稱舉也謂大祭天地之禮既舉羣岳衆神望以祭祀之皆有秩次善曰尚書曰咸秩無文王肅曰秩序也左氏

傳曰乃有事于羣望孔安國尚書傳曰在遠者望而祭之颺槱由燎之炎煬樣致高煙乎太一颺風飛颺也槱燎之言聚也謂聚薪焚之揚其光炎使上達於天也太一天之尊神也曜魄寶也善曰周禮曰以槱燎祀司中司命郭璞方言注曰火熾猛爲煬說文曰致送也漢書曰中宮天極星其一明者太一常居也神歆馨而顧德祚靈主以元吉歆饗食也顧眷也祚報也靈明也元大也吉福也言天神覩人主之明肅顧饗其馨香之祭故報之以大福尚書曰明德惟馨周易曰黃裳元吉然後宗上帝於明堂推光武以作配宗尊也上帝太微中五帝也配對也言尊祭五帝於明堂以光武配之漢書曰明帝宗祀五帝於明堂光武皇帝配之辯方位而正則五精帥而來摧徂回切辯別也方位謂四方中央之位也則法也五精五方星也帥循也摧至也言五帝摠集至明堂善曰漢書曰祀五帝於明堂坐位各處其方孝經鉤命決曰宗祀文王於明堂以配上帝五精之神爾雅曰摧至也尊赤氏之朱光四靈懋而允懷赤氏

謂漢火德所統赤帝熛怒也河圖曰四靈蒼帝神名靈威仰赤帝神名赤熛怒黃帝神名含樞紐白帝神名白招拒黑帝神名協光紀今五云四靈謂除赤餘有四懋悅也懷安也善曰尚書曰民其允懷孔安國曰民信歸之

於是春秋改節四時迭代改易也迭更也代謝也言感四時之謝而欲享祀也善曰易乾鑿度孔子曰天地有春秋冬夏節故生四時又曰五行迭終四時更廢蒸蒸之心感物曾思廣雅曰蒸蒸孝也感物謂感四時之物即春韭夘夏麥魚秋黍肫冬稻鴈孝子感此新物則思祭先祖也善曰尚書曰虞舜蒸蒸廣雅曰感傷也躬追養於廟祧吐堯奉蒸嘗與禴祠言祭皆追感孝養之道故躬自爲之躬猶身也善曰禮緯曰祭者所以追養繼孝也禮記曰遠廟爲祧毛詩曰禴祠蒸嘗公羊傳曰春曰祠夏曰禴秋曰嘗冬曰蒸物牲辯徧省設其楅衡物牲謂祭祀之牲物皆徧省視之也横木於牲角端以備抵觸謂之楅衡善曰周禮曰牧六牲而阜蕃其物以供祭祀凡祭祀飾其牛牲設其楅衡杜子春曰楅衡所以持令不得抵觸人也毛炰炮豚

胉博亦有和羹善曰鄭玄曰周禮注曰毛炰者豚胉去其毛而炰之以備八珍毛詩曰毛
炰胾羹周禮曰飲食之豆其實豚胉杜子春曰以胉爲膊謂脅也毛詩曰亦有和羹滌濯靜嘉禮
儀孔明滌滌濯謂洗滌也靜潔也嘉善也孔甚也言禮儀甚鮮明也善曰周禮曰大祭祀眂滌濯鄭玄曰
滌溉祭器也毛詩曰籩豆靜嘉又曰禮儀既備又曰祀事孔明萬舞奕奕鐘鼓喤喤
萬舞干也奕奕舞形也喤喤鼓聲也善曰毛詩曰萬舞奕奕鐘鼓喤喤靈祖皇考來顧來
饗平聲靈皇神名謂先帝也言先帝之神顧悠子孫享其食也神具醉止降福穰穰
神謂先神也具俱也止已降下也穰穰衆多也善曰毛詩曰神具醉止降福穰穰及至農祥晨
正土膏脉起農祥天駟即房星也晨晨時正中也謂正月初也善曰國語曰號文公曰太史順時視
土農祥晨正土乃脉發太史告稷曰土膏其動韋昭曰農祥房星也晨正謂立春之日晨中於午也脉理也膏
土潤也乘鑾輅而駕蒼龍善曰禮記曰孟春之月乘鑾輅駕蒼龍鄭玄曰鑾輅有虞

氏之車也有鑾和之飾而飾之以青輪春東方色青也馬八尺爲龍 介駁間以剡 以冉 耜 天子車帝在左御在中介處右善曰禮記曰天子祈穀于上帝親載耒耜措之于參保介之御間鄭玄曰保介車右置耒耜於車右與御者之間明以勸農又使勇士衣甲而參乘備非常也保猶衣也毛詩曰以我覃耜毛萇曰覃利也鄭玄禮記注曰耜耒之金也覃與剡同 躬三推 土回 於天田修帝籍之千畝 善曰東觀漢記曰永明四年詔書曰朕親耕于籍田以祈農事禮記曰躬耕帝籍天子三推爲籍千畝揚雄上林苑箴曰芒芒天田芃芃作穀 供禘郊之粢盛必致思乎勤己 禘郊謂祭天於南郊也言天子籍田千畝必須親耕者爲敬其祖考用充宗廟之粢盛故云勤己善曰禮記曰王者禘其祖之所自出鄭玄曰禘大祭也又曰天子籍田千畝以事天地以爲齊盛毛萇詩傳曰器實曰粢在器曰盛鄭玄禮記注曰致之言至也 兆民勸於疆埸 亦 感懋力以耘耔 音子兆民謂百姓也疆田畔也耘去草耔壅本也善曰毛詩曰疆埸有瓜或耘或耔爾雅曰懋勉也 春日載陽

合射辟雍陽暖也言春三月之時與諸侯合射辟雍行禮教善曰毛詩曰春日載陽鄭玄曰載之言則也東觀漢記永平三年三月上初臨辟雍行大射禮　三**設業設虡宮懸金鏞**設施也業栒上板刻爲鴈齒捷業然植者爲虡橫者爲栒以施設懸之宮中也鏞大鍾也善曰毛詩曰設業設虡周禮曰正樂懸之位王宮懸鄭司農曰宮懸四面也鏞已見上文**鼖鼓路鞉樹羽幢幢**鼖大鼓也鞉小鼓也幢幢羽貌善曰周禮曰以鼖鼓鼓軍事又曰路鼓路鞉毛詩曰崇牙樹羽毛萇曰置羽於栒上以爲飾也**於是備物物有其容**言備具也物禮物也射之禮物並有容飾也善曰左氏傳屠蒯曰事有其物物有其容**伯夷起而相儀后夔坐而爲工**伯夷唐虞時明禮儀之官也后夔舜臣掌樂之官言禮以行施故云起樂以靜陳故曰坐善曰左氏傳曰孟僖子不能相儀又曰昔女妻樂正后夔取之儀禮曰大射工六人**張大侯制五正**善曰毛詩曰大侯既抗毛萇曰大侯君侯也周禮曰王射三侯五正鄭司農曰王張五采之侯即五正之侯也謂天子五正諸

侯三正大夫士二正以布畫取五方正色於大侯之上也

設三乏之䢲司旌言大射張三侯故設三乏以革爲之護旌者之禦矢也司旌謂執旌司射中當舉之周禮曰服不氏射則以旌居乏而待獲杜子春曰乏音爲匱乏之乏爾雅曰䢲隱也音翡

并夾既設儲乎廣庭并夾鉗矢者周禮曰射則取矢也言侯高則以并夾取之也儲待也廣大也謂張設於大庭以待天子也

於是皇輿夙駕䡴於東階䡴之言却也謂却於東階下天子未乘之時也善曰毛詩曰皇輿夙駕䡴音柴

以須消啓明掃朝霞登天光於扶桑須俟也消不見也掃滅也言晨時啓明先見尚有餘光日出乃不見霞日邊赤氣也謂天子須啓明光消霞滅日上扶桑乃就乘輿也禮天子日出乃視朝善曰毛詩曰東有啓明西有長庚淮南子曰登于扶桑爰始將行是謂朏明也

天子乃撫玉輅時乘六龍玉輅謂玉飾之也鄭玄禮記注曰撫猶據也東都賦曰登玉輅乘時龍善曰周易曰時乘六龍此謂各隨其時而乘之

發鯨魚鏗華鍾發舉也鏗

猶擊也華鐘謂有篆刻文故言華也善曰東都賦曰發鯨魚鏗華鐘大丙弭節風后陪乘善曰淮南子曰若夫鉗且大丙之御也馬莫使之而自走高誘曰二人太一之御也楚辭曰吾令羲和弭節兮王逸曰弭按節徐行也史記曰黃帝舉風后以理人鄭玄曰風后黃帝三公也應劭漢官儀曰常伯任侍中出即陪乘也攝提運衡徐至於射宮攝提有六星玉衡北斗中星主迴轉並飾於車上徐行至於射宮射宮謂辟雍也善曰漢書曰攝提失方音義曰攝提隨斗杓所建十二月也杓匹遥切春秋保乾圖曰斗節運衡何休公羊傳曰運轉也禮事展樂物具展謂舒陳器物也物具謂器物皆具備也王夏闋騶側留虞奏王夏樂名也天子初出奏也闋終也善曰周禮曰出入則奏王夏又曰凡射王奏騶虞之樂決拾既次彫弓斯彀古侯決以象骨著右手巨指所以鉤弦也拾韝捍著左臂也彫弓謂有刻畫也彀張也善曰毛詩曰決拾既次鄭玄曰次謂手指相比也達餘萌於暮春昭誠心以遠喻昭明也誠心謂天子之心也善曰禮記曰季春句者

畢出萌者盡達白虎通曰天子所以親射何助陽氣達萬物也名之爲侯者何明諸侯不朝者則當射之然則射者帝誠心遠喻於下也文子曰誠心可以懷也

進明德而崇業滌饕叨**餮**他結**之貪慾**射義曰射所以觀德也崇猶興也業射業也滌蕩去也言有貪婪嗜慾者皆滌蕩去之也善曰漢書明帝詔曰親射泰侯蓋選士威惡助微達陽也周易曰君子進德修業杜預左氏傳注曰貪財曰饕貪食曰餮

仁風衍而外流誼方激而遐騖衍布也方道也激感也遐遠也騖馳也善曰典引曰仁風翔乎海表禮記曰射者仁道也又曰古諸侯之射所以明君臣之義也廣雅曰方正也

日月會於龍狵鬭**恤民事之勞疚**狵尾也日月會於尾謂十月時也疚病也民勞病於歲事到此月乃終也故天子愍恤勞來之善曰國語云日月會於龍狵國家於是乎蒸嘗也賈逵曰狵龍尾也月令孟冬日在尾漢書曰東宮蒼龍

因休力以息勤致歡忻於春酒謂田事畢休民力息勤勞也善曰禮記曰孟冬之月勞農以休息春酒謂春時作至冬始熟也毛詩曰春酒惟

淳執鑾刀以袒割奉觴豆於國叟言天子親執鑾刀祖右膊而割牲以示敬也善曰東觀漢記曰永明二年詔曰十月元日始尊事三老兄事五更朕親袒割牲毛詩曰執其鑾刀孝經援神契曰天子親臨辟雍袒割禮記曰食三老五更於太學天子袒而割牲執醬而饋執爵而酳降至尊以訓恭送迎拜乎三壽降下也至尊天子也三壽三老也言天子尊而養此三老若以教天下之敬故來拜迎去拜送焉善曰左傳曰享以訓恭儉蔡邕獨斷曰天子事三老使者安車輭輪送迎而至家天子獨拜毛詩曰三壽作朋也敬慎威儀示民不偷以朱反協韻敬宜也儀禮也毛詩曰敬慎威儀視民不佻毛萇曰佻偷也我有嘉賓其樂愉愉嘉賓謂三老五更也愉愉和悅之貌也善曰毛詩曰我有嘉賓聲教布濩護盈溢天區布濩猶散被也天區謂四方上下也言天子教愛及之尚書曰聲教訖于四海文德既昭武節是宣既巳也昭明也宣猶發也言文武之教無處不臨善曰尚書曰誕敷文德漢書武帝詔曰躬秉武節三農之隙

曜威中原
隙閒也曜威謂治兵也善曰國語曰三時務農一時講武韋昭曰三時春夏秋西都賦曰曜威而講武事也
歲惟仲冬大閱西園
西園上林苑也善曰周禮曰仲冬教大閱公羊傳曰大閱者何簡車馬也後漢書曰先帝左開鴻池右作上林苑
虞人掌焉先期戒事
先期謂期日敕戒羣吏脩獵具也善曰周禮虞人掌山澤之官度知禽獸多少戒猶告也
悉率百禽鳩諸靈囿
悉盡也率斂也鳩聚也囿苑也囿謂集禽獸於靈囿之中善曰毛詩曰悉率左右以燕天子毛萇曰驅禽獸於王之左右鄭玄曰率循也悉率驅禽獸順其左右之宜以安待王之射毛詩曰王在靈囿
獸之所同是謂告備
同亦聚也備具也言禽獸皆已合聚田物具備也善曰毛詩曰獸之所同禮曰告備于王
乃御小戎撫輕軒
毛詩曰小戎俴收謂小戎之車輕便宜田獵鄭玄曰輕車驅逆之車
中畋四牡既佶
其栗
且閑
中畋馬謂調良馬可用獵者佶健也閑習也毛詩曰四牡既佶既佶且閑
戈矛若林牙旗繽紛
若林言多也繽紛風吹貌兵書曰牙旗者將軍之旌謂古

者天子出建大牙旗竿上以象牙飾之故云牙旗迄上林結徒營迄至也結止也徒衆也營域也上林苑名善曰說文曰營市居也次一作叙和樹表司鐸授鉦次比也和軍之正門爲和也表門表也司主也鉦鐸所以爲軍節善曰周禮曰大閱虞人爲表以旌爲左右和門又曰教振旅辨鼓鐸鐲鐃之用也坐作進退節以軍聲言聲中進退取鍾鼓旌之節善曰周禮曰司馬執鐸以教坐作進退䟽數之節三令五申示戮斬牲示教也言三令五申示衆人畢有不用命者斬之若牲也善曰尹文子曰將戰有司讀誥誓三令五申之既畢然後即敵史記曰孫子約束既布三令五申之周禮曰大閱斬牲以徇陣曰不用令者斬之陳師鞠旅教達禁成陳師猶列師衆也鞠之言告也教達謂三令五申禁令巳行軍法成也善曰毛詩曰陳師鞠旅火列具舉武士星敷具俱也敷布也言武士獵徒如星之布也善曰毛詩曰火列具舉毛萇曰列人持火也䳘鸛灌魚麗离箕張翼舒䳘鸛魚麗並陣名也謂武士發於此而列行如箕之張如

翼之舒也善曰左氏傳曰晉荀吳與華氏戰于赭丘鄭翩願爲鸛其御願爲鵝左氏傳曰王伐鄭鄭原繁爲魚麗之陣

軌塵掩迒罔匪疾匪徐掩覆也迒迹也謂車軌之塵適自覆跡言得遲疾之中也善曰穀梁傳曰蒐于紅車軌塵馬候蹄也

馭不詭遇射不翦毛孟子曰爲之詭遇一朝而獲十劉熙曰橫而射之曰詭遇毛萇詩傳曰面傷不獻翦毛不獻

升獻六禽時膳四膏升進也四膏者禮記曰牛膏香犬膏臊雞膏腥羊膏羶善曰周禮曰庖人掌供六禽鄭司農曰六禽鴈鶉鷃雉鳩鴿也

馬足未極輿徒不勞極盡也輿衆也勞罷勞也善曰韋昭漢書注曰輿車士也

成禮三毆一作驅解罘伏侯放麟大鹿曰麟解散也罘罔也周易曰王用三毆失前禽也毆與驅同善曰穀梁傳曰四時之田用三焉一曰乾豆二曰賓客三曰充君之庖

不窮樂以訓儉不殫物以昭仁窮極也訓教也殫盡也物謂禽獸也言殺禽獸不盡即昭明人君行仁之道謂崇儉故也善曰列女傳曰周宣王姜后曰好奢必樂窮樂者亂之所興左傳曰享以訓躬儉

慕天乙之弛罟因教祝以懷

民天乙般湯名也弛廢也善曰呂氏春秋曰湯見罔置四面湯拔其三面置其一面祝曰昔蛛蝥作罔今之人學紆欲高者高欲下者下吾取其犯命者漢南之國聞之曰湯德至禽獸三十國歸之高誘曰紆緩也毛萇詩傳曰懷來也儀姬伯之渭陽失熊羆而獲人儀則也姬伯文王爲西伯也善曰史記曰太公望呂尚東海人以漁釣于周西伯西伯將出獵卜曰所獲非龍非彲非虎非羆所獲霸王之輔西伯獵果遇太公渭之陽與語大說文王勞之大公曰臣聞君子樂其志小人樂其事遂載與俱歸澤浸昆蟲威振八寓浸潤也八寓八方區宇也善曰毛詩序曰文王德及鳥獸昆蟲焉鄭玄禮記注曰昆明也明蟲者陽而生陰而藏也蒼頡篇曰宇邊也說文曰寓籀文宇字好樂無荒允文允武允信也無荒言不好荒淫之樂信與文王武王等其功德也善曰毛詩曰好樂無荒允文允武昭假烈祖薄狩于敖既璅璅一作瑣焉敖鄭地今之河南滎陽也謂周王狩也璅璅小也言鄙陋不足說也詩曰建旐設旄薄獸于敖岐陽之蒐又何足數岐陽岐山之陽謂成

大八十六　文三　二十二

王所狩之地亦以小不足可數也善曰左氏傳曰成王有岐陽之蒐**爾乃卒歲大儺**奴何**毆**
除羣厲卒終謂一歲之終儺逐疫鬼善曰漢舊儀曰昔顓頊氏之有三子巳而爲疫鬼一居江水
爲瘧鬼一居若水爲罔兩蜮鬼一居人宮室區隅善驚人爲小鬼於是以歲十二月使方相氏蒙虎皮黃金四
目玄衣丹裳執戈持盾帥百隸及童子而時儺以索室中而毆疫鬼也**方相秉鉞巫覡**胡激
操茢音例　善曰周禮曰方相氏黃金四目玄衣朱裳執戈揚盾也國語曰在男謂之覡在女謂之巫也
說文曰操把持也左傳曰襄公乃使巫以桃茢先祓殯杜預曰茢乃黍穰也**侲**震**子萬童丹首**
玄製侲子童男童女也朱丹也玄製皁衣也善曰續漢書曰大儺謂逐疫選中黃門子弟十歲以上十二以下
百二十人爲侲子皆赤幘皁製以逐惡鬼于禁中**桃弧棘矢所發無臬**牛列切**飛**
礫雨散剛癉亶**必斃**桃弧謂弓也棘矢箭也癉難也言鬼之剛而難者皆盡死也善
曰漢舊儀常以正歲十二月命時儺以桃弧葦矢且射之赤丸五穀播灑之以除疾殃左氏傳曰桃弧棘矢以

除其災說文曰梟射埻的也煌火馳而星流逐赤疫於四裔煌火光也馳競也赤疫疫鬼惡者也四裔謂四海也星流謂群鬼競走煌煌然如火光之與星流也善曰續漢書曰儺持火炬送疫出端門外騶騎傳炬出宮五營騎士傳火棄洛水中星流言疾也左氏傳曰投諸四裔以禦魑魅然後淩天池絕飛梁淩升也善曰莊子曰北溟者天池也如淳漢書注曰直渡曰絕甘泉賦曰歷倒景而絕飛梁捎所交切魑魅斮側角獝其筆狂魑魅山澤之神獝狂惡戾之鬼名捎殺也斮擊也善曰諸鬼之說者各異今隨所釋而載之不改易也斬蝼紆危蛇移腦方良方良草澤之神也腦陷其頭也善曰莊子蝼蛇之狀其大若轂其長若轅紫衣而朱冠也囚耕父於清泠零溺女魃蒲葛於神潢黃清泠水名在南陽西鄂山上神潢亦水名未知所在善曰山海經曰有神耕父處豐山常游清泠之淵出入有光又曰大荒之中有山名不勾有人衣青衣名曰黃帝女魃所居不雨殘夔魖虛與罔像殪煙計野仲而殲子廉游光

殘猶殺也夔木石之恠如龍有角鱗甲光如日月見則其邑大旱說文曰魖耗鬼也罔象木石之恠殪殺也殲滅也野仲游光惡鬼也兄弟八人常在人間作恠害**八靈爲之震慴**之涉**況鬾**巨宜**蜮**域**與畢方**鬾小兒鬼畢方老父神如鳥兩足一翼者常銜火在人家作恠災也善曰楚辭曰合五嶽與八靈王逸曰八靈八方之神也爾雅曰震慴懼也漢舊儀曰鬾鬼也鬾與蜮古字通**度朔作梗**哽**守以鬱壘神荼副焉對操**七刀**索葦**東海中度朔山有二神一曰神荼二曰鬱壘領衆鬼之惡害者執以葦索而用食虎善曰風俗通曰黃帝書上古時有神荼鬱壘昆弟二人性能執鬼度朔山上有桃樹下常簡閱百鬼鬼無道理者神荼與鬱壘持以葦索執以飼虎是故縣官常以臘祭夕飾桃人垂葦索畫虎於門以禦凶也毛詩傳曰梗病也謂爲人作梗病者**目察區陬**子侯**司執遺鬼**察觀也區陬隅隈之間也司主也謂於度朔山主執遺餘之鬼也**京室密清罔有不韙**密靜也清潔也罔無也韙善也謂無復疫癘皆得安善也**於是陰陽交和庶物時**

育庶衆也漢書曰陰陽和風雨時言疫癘既無陰陽乃和衆物育養也卜征考祥終然允淑
征巡行也考問也祥吉也允信也淑善也善曰左氏傳石奐曰先王卜征五年而歲卜其祥祥習則行周易曰視履考祥
毛詩曰終然允臧也乘輿巡乎岱嶽勸稼穡於原陸乘輿天子也岱泰山也種
曰稼收曰穡謂春勑東方諸侯課民以耕種故尚書云二月東巡狩至於岱宗柴同衡律而壹軌
量齊急舒於寒燠於六衡稱也軌法也寒燠猶苦樂同壹齊皆使中不參差也善曰尚書曰同
律度量衡又曰謀恒寒若豫恒燠若省幽明以黜陟乃反旆而迴復省察也幽闇也
黜退也陟昇也謂有功者進無功者退也故尚書曰三載考績黜陟幽明也反旆謂迴還也望先帝之
舊墟慨長思而懷古先帝先神也舊墟長安也慨歎息也古往也謂前漢初也俟閭
風而西遐致恭祀乎高祖俟待也閭風秋風也祠謂祭祀高祖廟也遐逝也善曰東觀漢
記曰永明二年十月幸長安祠高廟周書曰恭明祠專明刑易說曰秋閶闔風至既春游以發

生啓諸蟄於潛户春游謂仲春巡行岱嶽是時蟄蟲皆開户帝乃東巡助宣氣也善曰爾雅曰春爲發生禮記曰仲春之月蟄蟲咸動啓户始出度秋豫以收成觀豐年之多稌他杜秋行曰豫謂秋行禮高祖廟此時萬物始成善曰晏子曰吾王不游吾曷以休吾王不豫吾曷以助一游一豫爲諸侯度爾雅曰秋爲收成毛詩曰豐年多稌毛萇曰稌稻也嘉田畯之匪懈行致賚于九扈嘉善也畯主田官也九扈農正知田事扈正也言天子行慶福致賚於九扈使民不淫放善曰毛詩曰田畯至喜又曰夙夜匪懈左氏傳曰郯子曰九扈爲九農正杜預曰扈有九種也春扈頒鶞夏扈竊玄秋扈竊藍冬扈竊黄棘扈竊丹行扈唶唶宵扈嘖嘖桑扈竊脂老扈鷃鷃以九扈爲九農之號各隨其宜以教人事也左瞰暘谷右睨玄圃暘谷日出之處玄圃在崑崙山瞰望也睨視也善曰淮南子曰日出于暘谷浴于咸池也又曰懸圃在崑崙閶闔之中玄與懸古字通眇天末以遠期規萬世而大摹莫補叶韻眇視也摹法也言帝之巡狩眇然

以天末爲遠期規欲以爲萬代之大法也善曰劇秦美新曰創億兆規萬世且歸來以釋勞膺多福以安悆羊主悆寧也歸謂西征旋乃釋吏士之劬勞祭祀受多福以安寧也善曰尚書曰永膺多福總集瑞命備致嘉祥總會也集聚也祥神也即騶虞澤馬之屬也瑞應也即鸞鳳之屬也善曰墨子曰禹親抱天之瑞命也孝經鉤命決曰帝王起緯合宿嘉瑞貞祥圉語林氏之騶鄒虞㩲澤馬與騰黃圉牢養也林氏山名也騶虞義獸也善曰山海經曰林氏有珎獸大若虎五采畢具尾長於身其名騶吾乘之日行千里劉芳詩義疏曰騶虞或作吾應劭漢書注曰㩲音柔㩲馴也陰嬉讖曰聖人爲政澤出馬山海經曰大封國有文馬縞身朱鬣名曰吉良乘之壽千歲瑞應圖曰騰黃神馬一名吉光然吉良騰黃一馬而異名也鳴女牀之鸞鳥舞丹穴之鳳皇女牀山名在華陰西六百里山海經曰女牀之山有鳥焉其狀如鶴五色文名曰鸞鳥見即天下安寧又曰丹穴之山有鳥焉其狀如鵠五采名曰鳳皇是鳥也飲食自歌自舞見則天下安寧

植華平於春圃，豐朱草於中唐。植猶種也。華平，瑞木也。天下平，其華則平；有不平處，其華則向其方傾。中唐，堂塗也。善曰：孝經援神契曰：德至於地，則華平盛也。瑞應圖曰：木名也。宮閣記有春王圃。鷃冠子曰：聖王之德，下及萬靈，則朱草生。抱朴子曰：朱草長三尺，枝葉皆赤，莖似珊瑚也。如淳漢書注曰：唐，庭也。毛詩曰：中唐有甓。

惠風廣被，澤洎幽荒。惠，恩也。洎，及也。幽荒，九州外，謂四夷也。

北燮素頰丁令，南諧越裳。燮、諧，皆和也。越裳，南蠻，今九真是也。丁令，國名。善曰：漢書曰：匈奴北服丁令也。韓詩外傳曰：成王之時，越裳氏重九譯而至，獻白雉於周公。

西包大秦，東過樂浪。音郎。善曰：司馬彪續漢書曰：大秦國名犂鞮鞬，在西海之西。漢書有樂浪郡。

重舌之人九譯，僉稽首而來王。重舌，謂曉夷狄語者。九譯，九度譯言，始至中國者也。善曰：國語曰：夫戎狄坐諸門外，而使舌人體委與之。韋昭曰：舌人，能達異方之志，象胥之官也。韓詩外傳曰：成王之時，越裳氏重九譯而至，獻白雉於周公。晉灼漢書注曰：遠國使來，因九譯言語乃通也。說文曰：譯，傳四夷之語者。尚書曰禹拜稽首四夷來王是以論其遷邑易京則同規乎殷盤京京師也規法也盤庚殷王之名也改奢即儉則合美乎斯干斯干謂周宣王儉宮室之詩也今漢光武改西京奢華而就儉約合斯干之美善曰韓詩曰宋襄公去奢即儉登封降禪則齊德乎黃軒登謂上泰山封土降謂下禪梁父也言光武登上泰山下禪梁父則與黃帝軒轅齊其功德善曰黃帝封泰山爲無爲事無事永有民以孔安爲作也事業也永長也孔甚也以無爲爲功以無事爲業澹然不煩瀆也善曰老子曰爲無爲事無事我無爲而民自化我無事而民自富遵節儉尚素樸遵循也樸質也言遵循節儉尚其樸素也善曰漢書曰文帝躬節儉莊子曰同乎無欲是謂素樸思仲尼之克己履老氏之常足孔子曰克己復禮馬融曰克己約身善曰老子曰知足常足也將使心不亂其所在目不見其可欲善曰老子曰不見可欲使心不亂河上公曰放鄭聲遠美人使心不亂不邪淫也賤

犀象簡珠玉簡猶略也善曰長楊賦曰賤瑇瑁而疏珠璣藏金於山抵紙璧於谷藏抵皆謂不取之謂儉故也善曰莊子曰藏金於山藏珠於淵說文曰抵側擊也翡翠不裂瑇瑁不蔟音族翡翠鳥名也瑇瑁珎名不裂不折其羽以爲玩飾也不蔟不乂蔟取之爲器也所貴惟賢所寶惟穀善曰尚書曰所寶惟賢則邇人安范子計然曰五穀者萬人之命國之重寶民去末而反本咸懷忠而抱慤苦角切詐僞爲末忠信爲本善曰淮南子云守道順理者不免於飢寒之患而欲人之去末反本是猶發其原而壅其流也說文曰慤謹也于斯之時海內同悅曰吁漢帝之德俟其禕於離而言於此之時皆同歡樂也于於也悅樂也吁驚也禕美也蓋蓂莢爲難蒔神志也故曠世而不覿覿見也蓂莢瑞應之草王者賢聖太平和氣之所生生於階下始一日生一莢至月半生十五莢十六日落一莢至晦日而盡小月則一莢厭不落王者以證知月之小大堯時莢階生之謂不世見故云難

蒔也善曰田俅子曰堯爲天子蓂莢生於庭爲帝成厤范曄後漢書班固議曰漢興以來曠世歷年惟我

后能殖之以至和平方將數所主諸朝階后帝也惟我帝有至和之德故必能殖之方當生於朝陛得以數知月之大小也謂上文蓂莢也善曰鄭玄毛詩箋曰方直也然則道

胡不懷化胡不柔胡何也懷來也柔安也言皆安之也聲與風翔澤從雲

游翔游皆行也風者天之號令雲雨者天之膏潤故聲教與風皆翔恩澤與雲俱行也萬物我

賴亦又何求我賴賴我也言万物皆賴帝之恩惠以得所無復他求也德寓天覆赴

輝烈光燭寓猶蓋也帝之德蓋如天之覆日月之光輝照於遠近也善曰國語勃鞮曰君之德宇何不寬裕也寓與宇同禮記孔子曰天無私覆

狹三王之趢祿趗七木軼五帝之

長驅狹謂陋也趢趗局小貌也軼過也驅馳也言以三王禮法爲局小狹陋過五帝而遠馳則繼三皇之跡也善曰戰國策曰樂毅長驅至齊踵二皇之遐武誰謂駕遲而不能屬

踵繼也二皇伏羲神農也遐遠也武迹也屬逮也誰敢謂今所駕者遲而不能逮言必能逮也東京之
懿未罄値余有犬馬之疾不能究其精詳懿美也罄盡也先生
言東京之美未盡遇我有疾故不能究其美事也善曰孔叢子謂魏王曰臣有犬馬之疾不任國事毛萇詩傳
曰詳審也故粗爲寘言其梗槩如此粗猶略也寘西京也梗槩不纖密言粗舉
大綱如此之言也若乃流遁忘反放心不覺樂而無節後離其
戚言若流情放心不自反寤恣意所爲滛樂無禮以無節終後卒當罹其憂禍即秦皇王莽是也善曰淮南
子曰凡亂之所由生皆在流遁廣雅曰遁去也孟子曰人有放心不知求學問之道也一言幾渠衣
於喪國我未之學也幾近也先生責公子云取樂今日皇恤我後言今非之也善曰
論語曰一言可以喪邦乎且夫挈苦結缾之智守不假器言挈缾之小智耳尚
不妄以假人也善曰左氏傳曰人有言曰雖有挈缾之智守不假器禮也況纂祖管帝業而輕

天位纂繼也今如公子言皆滛心放意之事此乃輕居天王之尊位而禪於董賢善曰長楊賦曰恢帝業尚書曰天位艱哉瞻仰二祖厥庸孔肆庸功也孔甚也肆勤也言瞻望高祖功庸甚勤苦而得之也常翹翹以危懼若乘奔而無轡言居天子之位常若奔馬而無轡履氷而負重也善曰毛詩曰予室翹翹毛萇曰翹翹危也鄧析曰明君之御民若乘奔而無轡白龍魚服見困豫且子余切說苑曰吴王欲從民飲五子胥曰昔白龍下清泠之淵化爲魚豫且射中目白龍不化豫且不射君今棄萬乘之位而從於臣恐有豫且之患此言先生責公子陰戒期門微行要屈雖萬乘之無懼猶怵惕於一夫萬乘天子也即秦始皇也高祖也昔秦始皇東游爲張良所擊中其副車漢高祖於栢人亭殆爲貫高所中善曰尚書曰怵惕惟厲孔安國曰怵惕悚懼也方言曰戒備也過秦論曰一夫作難惕驚也終日不離其輜重獨微行其焉如輜重車也焉言安也如往也公子說微行要屈故先生問之言欲何往也善曰老子曰終日行不離

輜重張揖曰輜重有衣車也漢書曰武帝微行始出也夫君人者黈纊塞耳車中不內顧黈纊言以黃綿大如丸懸冠兩邊當耳不欲妄聞不急之言也內顧謂不外視臣下之私也善曰大戴禮孔子曰黈纊塞耳所以塞聰也魯論語曰車中不內顧崔駰車左銘曰正位授綏車中不顧塵不出軌鸞鑣以節步珮以制容鑾以節塗珮爲行容鑾爲車節善曰禮記曰君子在車則聞鑾和之聲行則鳴珮玉也行不變玉駕不亂步行合容則玉聲應馬步齊則鑾和響並謂君之禮法却走馬以糞車何惜騕烏皎褭寧少與飛兔却退也老子曰天下無道戎馬生於郊天下有道却走馬以糞河上公曰糞者糞田也兵甲不用却走馬以務農田然今言糞車者言馬不用而車不敗故曰糞車也何惜言不愛之也善曰呂氏春秋曰飛兔騕褭古之駿馬方其用財取物常畏生類之殄也方將也生類謂天下万物之類也殄盡也賦政任役常畏人力之盡也謂任役使人常畏人力盡也取之以道用之以時論語曰敬事而信節用而愛人使民以時此之謂也善曰毛萇詩傳

曰太平而微物衆多取之有時用之有道山無槎仕假枿五葛畋不麑烏天胎斜斫
曰槎斬而復生曰枿不麑胎者言不如公子所道攫胎拾卵校獲麑麇也漢書曰昔先王山不槎蘖畋不殺胎
草木蕃廡武鳥獸阜滋蕃滋也廡盛也阜大也滋益也善曰尚書曰庶草蕃廡班固漢
書序曰蕃阜庶物民忘其勞樂輸其財民謂百姓也言民不以力役爲勞苦不以
財賦爲損費故文王有子來之人武帝時卜式入錢以助官也善曰周易曰悅以使人人忘其勞也百姓
同於饒衍上下共其雍熙言富饒是同上下咸悅故能雍和而廣也論語曰百姓足
君孰與不足善曰尚書曰黎民於變時雍又曰庶績咸熙洪恩素蓄民心固結洪大也蓄
積也固牢固也謂高祖已下積恩施惠人心固結故王莽之時皆謳吟而思漢也善曰四子講德論曰洪恩所
潤不可究陳國語甯莊子曰民無結不可以固孫子曰吾將固其結也執誼顧主夫懷貞
節夫猶人人也言執禮義之心顧思漢德人懷貞正之志分也楚辭曰原生受命于貞節忿姦慝

之干命怨皇統之見替音鐵叶韻、慝惡也統嗣也替廢也謂忿王莽之逆命怨漢統之替廢也女謀設而陰行合二九而成譎女神也譎變也謂王莽之謀陰行十八年而成變計也登聖皇於天階章漢祚之有秩聖皇光武也章明也秩常也言明漢家之常秩也善曰甘泉賦曰聖皇穆穆東都賦曰漢祚中缺若此故王業可樂焉若如此也言如此即王業之可樂也善曰毛詩曰致王業之艱難今公子苟好勦子小民以媮逾樂忘民怨之爲仇也勦盡也媮猶僥倖也仇讎也今公子所言苟好盡人以僥倖湏臾之樂不知人好共怨己當成大讎也善曰左氏傳晉栢子曰無及於鄭而勦民杜預曰勦勞也左氏傳師服曰怨耦曰仇好殫物以窮寵忽下叛而生憂也殫盡也寵驕也忽忘也生憂謂生己之憂患也言好盡人之財以寵極驕逸之樂忘人叛己之爲大患也漢書谷永曰財竭則下叛下叛則上亡夫水所以載舟亦所以覆舟覆敗也善曰孫卿子曰君者舟也人者水也所以載舟所以覆舟堅冰作於履霜尋木起於蘗魚竭栽言事皆從微至著不可不慎之於初所以尋木起於牙蘗洪波出於消泉善曰周易曰履霜堅冰至說文曰尋八尺也山海經曰尋木長千里枝乘上書曰十圍之木始生而蘗孔安國尚書傳曰用生栟栽韋昭曰株生曰蘗鄭玄禮記注曰栽植也蘗與栟古字同昧旦丕顯後世猶怠昧早也丕大也顯明也怠懈也謂起行大明之道後世子孫猶尚懈怠善曰左氏傳讒鼎之銘曰昧旦丕顯後世猶怠況初制於甚泰服者焉能改裁去聲叶韻譬如爲人裁衣始制之洪大服者得而衣之何能更小之乎善曰賈逵國語注曰裁制也故相如壯上林之觀揚雄騁羽獵之辭雖系計以隤牆填塹七念亂以收罝嗟解罘浮系繼也亂理也司馬相如上林賦其卒曰乃命有司隤牆填塹使山澤之人得至焉楊雄羽獵賦其末曰放雉兔收罝罘也卒無補於風規祇以昭其愆尤規猶諫也祇適也愆短也尤過也言不能補其愆過

文三 三一三

臣濟夸以陵君濟謂度也度於奢侈謂僭也陵踰君法若季氏八佾舞於庭左氏傳萇引曰毛得以濟侈於王都志經國之長基言尊卑所以爲國令反陵之故非所以經國故函谷擊柝託於東西朝顛覆而莫持柝守夜所擊木也顛隕也持扶也謂王莽之兵猶擊柝守函谷關而三輔兵巳自入長安宮朝廷顛隕無復扶持也東謂函谷在京之東西朝則京師也善曰周易曰重門擊柝凡人心是所學體安所習所習爲心所好愛者即學善曰尚書曰夫常人安於俗學溺於所聞鮑肆不知其臰一作臭翫其所以先入翫習也先入言久處其俗也善曰家語孔子曰入善人之室如入芝蘭之室久而不知其香入不善之室如入鮑魚之肆久而不知其臰皆猶躰所習故今言公子以長安爲好亦然也咸池不齊度於鼃烏瓜咬烏交而衆聽或疑齊同也咸池堯樂也鼃咬淫聲也言咸池之音本不與鼃咬同而衆聽者乃有疑惑善曰樂動聲儀曰黃帝樂曰咸池賓戲曰淫鼃而不可聽者非寵宴之樂也李奇曰淫鼃不正也傳

毅琴賦曰絶激哇之淫法言曰哇則鄭李軌曰哇邪也舞賦曰吐哇咬則發皓齒然哇與鼃同咬亦不正之聲也咬或作蛟非也能不惑者其唯子野乎子野師曠字曉音曲者以喻安處先生也言西京奢泰肆情不依禮度東京儉約依禮行事衆人觀之謂是其一唯安處先生得知其指也善曰左氏傳叔向曰子野之言君子哉客既醉於大道飽於文義客斥公子謂聞東京文義之道若醉飽焉勸德畏戒喜懼交爭勸德謂公子見先生說東京禮法自勸勉行其道德又畏懼先生之戒也罔然若醒朝罷夕倦奪氣褫雉魄之爲者罔然猶惘惘然也醒病酒也朝罷夕倦曉夜不卧惘然如神奪其精氣又若魂魄亡離其身今公子亦如之也善曰說文曰褫奪也忘其所以爲談失其所以爲夸公子本以奢侈爲美談今見先生述東京之德所以忘美失夸也良久乃言曰鄙哉予乎習非而遂迷也良久頃乃復能言也自鄙其迷惑所學者非正也善曰論語曰荷蕢曰鄙哉硜硜乎廣雅曰鄙固陋不惠楊子

法言曰習非之勝是況習是之勝非乎幸見指南於吾子言己之惑不知南北今先生指以示我我則足以三隅反也善曰栢譚上便宜曰管仲栢公之指南若僕所聞華而不實若如也公子言如僕所聞西京之事蓋是虛華而無實録善曰左氏傳甯嬴曰晉陽處父華而不實怨之所聚先生之言信而有徵先生安處先生也徵驗也言先生之言信有徵驗也善曰左氏傳叔向曰君子之言信而有徵鄙夫寡識而今而後乃知大漢之德馨咸在於此公子重自鄙曰如今日後日乃知大漢之德在於此耳善曰論語曰鄙夫不可以事君尚書曰明德惟馨昔常恨三墳五典既泯三墳三皇之書也五典五帝之書也泯滅也善曰左氏傳楚子曰左史倚相能讀三墳五典八索九丘也仰不睹炎帝帝魁之美睹見也炎帝神農後也帝魁神農名並古之君號也善曰管子曰管仲對栢公曰神農封泰山炎帝封泰山孝經鈎命訣曰佳已感龍生帝魁鄭玄曰佳已帝魁之母也魁神名宋衷春秋傳曰帝魁黃帝子孫也得聞先

生之餘論則大庭氏何以尚茲先生安處先生也大庭古國名也尚高也善曰子虛賦曰願聞先生之餘論莊子曰昔容成氏大庭氏結繩而用之若此時則至治也茲此也走雖不敏庶斯達矣走公子自稱走使之人如今言僕矣不敏猶不達也公子言我雖不敏於大道庶幾先生之說遂達矣善曰司馬遷書曰太史公牛馬走孝經曾子曰參不敏

文選卷第三

賜進士出身通奉大夫江南蘇松常鎮太等處承宣布政使司布政使胡克家重校刊

文選卷第四

梁昭明太子撰

文林郎守太子右內率府録事叅軍事崇賢館直學士臣李善注上

京都中

張平子南都賦一首　左太沖三都賦序一首

蜀都賦一首

南都賦

摯虞曰南陽郡治宛在京之南故曰南都

張平子

於烏顯樂都既麗且康毛萇詩傳曰於歎辭詩曰適彼樂國陪京之南居漢之陽京謂洛陽也尚書曰嶓冢導漾東流爲漢鄭玄曰漾水至武都爲漢割周楚之豐壤跨荆豫而爲疆西京賦曰周即豫而弱呂氏春秋曰河漢之間爲豫州也漢書地理志注

曰南陽屬荆州又曰荆州楚故都體爽塏以閑敞紛郁郁其難詳爽塏已見西京賦楊雄豫州箴曰郁郁京河伊洛是經也爾其地勢則武闕關其西桐栢揭竭其東武闕山爲關在西也漢書音義文穎曰武闕山爲關而在西引農界也漢書曰南陽之平陽縣有桐栢山流滄浪而爲隍廓方城而爲墉尚書曰漢水又東爲滄浪之水左氏傳屈完曰楚國方城以爲城漢水以爲池說文曰城池無水曰隍毛萇詩傳曰墉城也湯谷湧其後清育水盪其胷盛引之荆州記曰南陽郡城北有紫山紫山東有一水無所會通冬夏常温因名湯谷山海經曰攻離之山淯水出焉南流注于漢郭璞曰今淯水在淯陽縣南盪他浪切推淮引湍三方是通淮水自此而去故曰推湍水自彼而來故曰引說文曰推排也山海經曰翼望之山湍水出焉郭璞曰湍鹿摶切今湍水逕南陽穰縣而入淯也三方東西及南也其寶利珎怪則金彩玉璞隨珠夜光彩金之彩也璞玉之未理者淮南子曰隨侯之珠和氏之璧得

之而富，失之而貧。高誘曰：隨侯，漢中國姬姓諸侯也。隨侯見大蛇傷斷，以藥傅而塗之，後蛇於夜中銜大珠以報之，因曰隨侯之珠，蓋明月珠也。酈陽曰：夜光之璧。劉琨云：夜光之珠。尹文子曰：田父得寶玉徑尺，置於廡上，其夜明照一室。然則夜光爲通稱，不繫之於珠璧也。**銅錫鈆鍇**，苦駭。**赭堊**惡**流黃**，鄭玄周禮注曰：錫，鑞也。說文曰：鈆，青金。又曰：九江謂鐵爲鍇。山海經曰：陸郈之山，其下多堊。若之山，其上多赭。郭璞曰：赭，赤土也。堊，似土，白色也。郈音跪。本草經曰：石流黃生東海牧陽山谷中。本草言其所出，此亦兼而有之。博物志曰：雄黃似石流黃。**綠碧紫英，青雘**烏郭**丹粟**，廣志曰：碧有縹碧，有綠碧。本草經曰：紫石英生太山之谷。山海經曰：景山之西曰驕山，其下多青雘。郭璞曰：雘，黝屬，音瓠。山海經曰：荆山之首曰景山，雎水出焉，其中多丹粟。郭璞曰：細沙如粟。**太一餘糧，中黃瑴**角**玉**，本草經曰：太一禹餘糧，一名石腦，生山谷。博物志曰：石中黃子，黃石脂。又曰：欲得好瑴玉，用合漿於襄鄉縣舊穴中鑿取，大者如魁斗，小者如雞子。**松子神陂，赤靈解角**，習鑿齒襄陽耆舊記曰：神陂在蔡陽縣界，有松

子亭下有神陂也赤靈赤龍也解角脫角也事未詳耕父揚光於清泠之淵游女
弄珠於漢皐之曲山海經曰有神耕父處豐山常游清泠之淵出入有光韓詩外傳曰鄭交
甫將南適楚遵彼漢皐臺下乃遇二女佩兩珠大如荊雞之卵其山則崆口江𡾫五江嶱苦葛
嵑五葛嵣大郎㟐莽嶚遼剌力割崆𡾫嶱嵑山石高峻之貌字書曰崆山貌也嵣㟐山石
廣大之貌也嶚山高而相戾也廣雅曰嶚高也說文曰剌戾也岝仕白峉額嶊祚迴嵬五迴
嶔香金巇許宜屹魚乞𡾊五結埤蒼曰岝峉山不齊也說文曰嶊嵬山石崔嵬高而不平也嶔巇
山相對而危險之貌也屹𡾊斷絕之貌也幽谷嶜岑岑吟夏含霜雪毛詩曰出
自幽谷楊雄蜀都賦曰玉石嶜岑又曰夏含霜雪嶜岑高峻之貌也或峮丘筠嶙鄰而纚力氏
連或豁爾而中絕峮嶙相連之貌鞠九六巍巍其隱天俯而觀
乎雲霓五結鞠高貌也班孟堅西都賦曰其陽則崇山隱天楊雄蜀都賦曰蒼山隱天若夫

天封大狐列仙之陬子侯天封未詳或曰山名也南郡圖經曰大胡山故縣縣南十里張衡云天封大胡也薛綜注曰區陬隅隙之間也上平衍而曠蕩下蒙籠而崎溪嶇區孫子兵法曰草樹蒙籠廣雅曰崎嶇傾側也坂坻遲巀在結嶭五結而成甗魚勉谿壑錯繆謬而盤紆郭璞上林賦注曰坻岸也又曰巀嶭高峻也毛萇詩傳曰巘小山別大山也錯繆雜亂貌也芝房菌奇殞蠢生其隈玉膏滵密溢流其隅芝房芝生成房也菌蠢是芝貌也山海經曰密山丹水出焉其中多白玉是有玉膏滵溢流貌崑崙無以奓閬浪風不能踰東方朔十洲記曰崑崙其北角曰閬風之顛其木則檉勑貞松楔更黠櫻即槾萬栢杻橿疆檉似栢而香爾雅曰楔曰荆桃郭璞曰櫻桃也郭璞山海經注曰槾似松柏有刺槾荆也又曰杻似桑而細葉又曰橿中車材楓柙櫨櫪帝女之桑爾雅曰楓聶聶楓音風聶聶之涉切劉逵吴都賦注曰柙香木智甲切郭璞上林賦

注櫨橐櫨力胡切櫪與櫟同來的切山海經曰宣山有桑焉其枝四衢名帝女之桑郭璞曰婦人主蠶因以名桑也

楈胥枒邪栟并櫚閭柍於兩柘檍憶檀郭璞上林賦注曰楈枒似栟櫚皮可作索張揖注上林賦曰栟櫚椶也皮可以為索柍未詳爾雅曰杻檍郭璞曰似桑蒼頡篇曰檀木名結根竦本

垂條嬋蟬媛袁結猶同也廣雅曰竦上也嬋媛枝相連引也布綠葉之萋萋

敷華蘂之蓑蓑素回反毛萇詩傳曰萋萋茂盛貌王逸楚辭注曰蘂實貌也劉淵林蜀都賦注曰蘂一曰花頭點也蓑蓑下垂貌𠫤雲合而重陰谷風起而增哀淮南子曰𠫤雲素朝毛詩曰習習谷風

攢在官立叢駢青冥盰瞑音眠言林木攢羅眾色幽昧也楚辭曰遠望兮芊眠王逸曰芊眠遙視闇未明也芊眠與盰瞑音義同杳藹蓊鬱於

谷底森蓴蓴祖本而刺天皆茂盛貌也司馬相如弔二世曰眾樹之蓊薆兮虎

豹黃熊游其下穀呼穀玃居縛猱奴刀㹶廷戲其巔六韜曰散

宜生得黃熊而獻之紂說文曰㲄類犬䝿以上黃以下黑爾雅曰貜父善顧郭璞曰似獼猴而大蒼黑色鄭玄禮記注曰猱獼猴也張載吳都賦注曰狿猨屬鸞鷟岳鵷鶵翔其上騰猨飛蠝壘樓其間國語曰周之興也鸑鷟鳴於岐山賈逵曰鸑鷟鳳之別名也山海經曰南禺之山有鵷鶵郭璞曰鳳屬也上林賦曰蜼玃飛蠝張揖曰蠝飛鼠也蠝與㹎同並音壘其竹則籦鍾籠龍箽謹篾銘決篠蘇了䈽幹箛孤箠追戴凱之竹譜曰籦籠竹名也伶倫吹以爲律竹堇皮白如霜大者宜爲篙篠出魯郡山堪爲笙孔安國曰篾桃枝也䈽小竹也宋玉笛賦曰奇䈽箛箠二竹名其形未詳緣延坻遲阪澶徒幹漫陸離陸離猶參差也阿烏可𨚗奴可蓊烏孔茸如涌風靡雲披阿𨚗柔弱之貌說文曰蓊竹貌也埤蒼曰茸竹頭有文也風靡雲披言隨風而靡如雲之披也爾其川瀆則㴒雉灃灤藥濜自吝發源巖穴水經曰㴒水出南陽縣西堯山山海經曰灃水出雅山郭璞曰今出南陽字書曰灤水出泚陽泚音此酈

善長水經注曰瀘水出襄鄉縣東北陽中山潛廬於臚洞出没滑骨瀎蔑潏決廬山
傍穴也言水洞出此穴没滑瀎潏疾流之貌也布濩戶漫汗漭莽沆胡朗洋溢言廣大也
漭沆已見西京賦揔括趨歙呼荅箭馳風疾言江海歙受諸水故揔括而趨之說文曰歙歠也慎子曰西河
下龍門其流敵於竹箭孫子曰其疾如風流湍投濺戢砏普貧汃八輣普耕軋烏八許慎淮
南子注曰湍水行疾也埤蒼曰濺水行出也砏汃輣軋波相激之聲也埤蒼曰砏大聲也長輸遠逝漻
流淚力計減域汨爲筆反廣雅曰輸寫也韓詩外傳曰漻清貌也淮南子曰水淚破舟說文曰
減疾流也王逸楚辭注曰汨去貌其水蟲則有蠳龜鳴蛇潛龍伏螭
抱朴子曰蠳龜噉蛇山海經曰鮮水多鳴蛇其狀如蛇四翼其音如磬見則其邑大旱說文曰螭若龍而黃也
鱏尋鱣張連鰅隅鱅黿鼉鮫蠵以規反鱏鱣已見上文郭璞上林賦注曰鰅
魚有文采鱅似鰱而黑山海經注曰鮫鯌屬也皮有班文而堅鮫蠵已見東京賦巨蜯函含珠

駮剥瑕委蛇揚雄蜀都賦曰蜯函珠而擘裂蜯與蚌同函與含同郭璞爾雅注曰蝦大者長一二丈委蛇長貌瑕與蝦古字通於其陂澤則有鉗盧玉池赭陽東陂杜預表曰所領部曲皆居南鄉界所近鉗盧大陂下有良田舊說曰玉池在宛也貯知旅水渟亭洿汙亘望無涯宜說文曰貯積也廣雅曰渟止也說文曰洿濁水不流也方言曰亘竟也上林賦曰察之無涯其草則藨平表苧直呂蘋煩莞桓蔣將蒲孤蒹葭說文曰藨蒯之屬又曰苧可以爲索郭璞山海經注曰蘋青蘋似莎而大鄭玄毛詩箋曰莞小蒲也說文曰蔣菰蔣也爾雅曰蒹薕也葭蘆也藻茆卯菱芡渠儼芙蓉含華從風發榮斐披芬葩藻已見西京賦爾雅曰茆鳧葵菱芡芙蓉並見東京賦其鳥則有鴛鴦鵠鷖烏兮鴻鴇保駕加鵝䳜苦札鶂雅札鸊步覓鷉吐雞鷫肅鷞所良鵾昆鸕盧毛詩曰鴛鴦于飛班孟堅西都賦曰黃鵠鵁鸛鳧鷖鴻鴈張平子西京賦曰鷫鷞鵠

鴚鴐鵝鴻鶤說文曰鵝鴚鳧屬方言曰野鳧甚小而好没水中者南楚之外謂之鸊鷉鶋與鶤同蒼頡篇曰鸕鷀似鶂而黑鷀音磁嚶嚶烏耕和鳴澹徒濫淡徒敢隨波言自恣也毛詩曰鳥鳴嚶嚶爾雅曰關關嚶嚶聲之和也上林賦曰隨風澹淡其水則開竇灑所蟹流浸彼稻田鄭玄周禮注曰竇孔穴也音豆漢書音義曰灑分也毛詩曰浸彼稻田溝澮脉連隄塍繩相輑丘筠反爾雅曰水注溝曰澮韋昭國語注曰脉理也隄塍已見西都賦輑相連之貌朝雲不興而潢潦老獨臻左氏傳曰潢汙行潦之水說文曰潢積水池也潦雨水決渫薛則暵罕爲溉古愛爲陸冬稌杜夏穱側角隨時代熟說文曰渫去除也又曰暵乾也又曰溉灌也稌已見東京賦楚辭曰稻粢穱麥挐黃粱其原野則有桑漆麻苧直旅菽麥稷黍百穀蕃廡武翼翼與與說文曰苧麻屬鄭玄毛詩箋曰菽大豆也百穀蕃廡並已見東京賦毛詩曰我黍與與我稷翼翼若其園圃則有

蓼了蕺側立蘘而羊荷藷之餘蔗薑䕻煩菥析蓂覓芋瓜說文曰蓼辛菜也風土記曰蕊香菜根似茆根蜀人所謂葅香蕊與蕺同說文曰蘘荷菖葅也菖普卜切葅子余切漢書音義曰藷蔗甘柘也字書曰䕻小蒜也爾雅曰菥蓂大薺乃有櫻梅山柿侯桃梨栗漢書音義曰櫻桃含桃也郭璞爾雅注曰梅似杏實酸說文曰柹赤實果也曹毗魏都賦注曰侯桃山桃子如麻子梬郢棗若留穰橙鄧橘說文曰梬棗似㮕如究坊廣雅曰石留若榴也漢書南陽郡有穰縣鄧縣說文曰橙橘屬也其香草則有薜萍計荔力計蕙若薇蕪蓀萇王逸楚辭注曰薜荔香草也郭璞山海經注曰蕙香草也若杜若也本草經曰蘼蕪一名薇蕪陶隱居注曰蕙葉似蛇牀而香王逸楚辭注曰蓀香草也萇萇楚也爾雅曰蓀楚銚戈也銚音遥晻於感曖愛蓊烏摠蔚含芬吐芳言草木闇暝而茂盛也說文曰晻不明貌王逸楚辭注曰曖闇昧貌若其廚膳則有華薌重秬渠舉滍秩履皐香秔公行反

華薌鄉名也毛萇詩傳曰秬黑黍一稃二米故曰重也稃音敷滍皐滍水之澤也廣雅曰秔秈也秈音仙歸鴈鳴䴂陟滑黃稻鱻咠連魚以爲芍張畧藥音略鴈能候時去來故曰歸史記曰楚人有以弱弓微繳加歸鴈之上爾雅曰䴂鳩冠雉郭璞曰䴂大如鴿羣飛出北方沙漠聲類曰鱻小魚也子虛賦曰芍藥之和具而後進也文穎曰五味之和酸甜滋味百種千名說文曰甜美也春夘夏筍秋韭冬菁音精爾雅曰筍竹萌也廣雅曰韭其華謂之菁蘇蔱殺紫薑拂徹羶尸然腥爾雅曰蘇桂荏字書曰蔱茱萸也司馬彪上林賦注曰紫薑紫色之薑也杜預左氏傳注曰徹猶去也酒則九醞於問甘醴十旬兼清醪敷徑寸浮蟻若蓱魏武集上九醞酒奏曰三日一釀滿九斛米止廣雅曰醞投也韓詩曰醴甜而不泲也十旬蓋清酒百日而成也鄭玄周禮注曰清酒今之中山冬釀接夏而成也漢書音義晉灼曰百日之末酒也說文曰醪汁滓酒也徑寸蓋酒膏之徑寸也釋名曰酒有汎齊浮蟻在上汎汎然如蓱之多者其甘不爽醉而

不醒老子曰五味令人口爽廣雅曰爽傷也毛萇詩傳曰病酒曰醒及其糺宗綏族禴祠蒸嘗左氏傳曰召公思周德之不類故糺合宗族于成周爾雅曰綏安也毛詩曰禴祠烝嘗于公先王以速遠朋嘉賓是將揖讓而升宴于蘭堂儀禮曰速賓鄭玄曰速召也論語曰有朋自遠方來毛詩曰我有嘉賓鼓瑟吹笙吹笙鼓簧承筐是將儀禮曰若四方賓燕則揖讓而升賈逵國語注曰不脫屨升堂漢書曰被蘭堂珍羞琅玕充溢圓方爾雅曰珍美也方言曰羞熟以羞之美故喻於玉也圓方器也尚書曰厥貢琅玕又曰惟辟玉食琢琱狎獵金銀琳琅爾雅曰玉謂之琱琱與彫古字通也爾雅曰理玉曰琢都角切狎獵飾之皃胡甲切獵士甲切尚書曰厥貢球琳琅玕侍者蠱媚巾褠鮮明蠱已見西京賦毛萇詩傳曰綦巾女服也字書曰褠上衣被服雜錯履躡華英雜錯非一也華英光耀也被皮義切儇才齊敏受爵傳觴方言曰儇急疾也呼緣切齊在雞切毛萇詩傳曰敏疾也獻酬既交率

禮無違毛詩曰獻酬交錯左氏傳晉侯曰魯侯自郊勞至于贈賄禮無違者東觀漢記曰朱浮上疏曰陛下率禮無違彈琴擫籥流風徘徊言樂聲之結風也說文曰擪一指按也擪與擫同烏牒切鄭玄周禮注曰籥舞者所吹也如篴三孔籥音藥篴音敵清角發徵聽者增哀言既奏清角而又發徵聲故增哀也韓子師曠曰清徵之聲不如清角許慎淮南子注曰清角紡急其聲清也客賦醉言歸主稱露未晞毛詩曰鼓咽咽醉言歸又曰湛湛露斯匪陽不晞厭厭夜飲不醉無歸接歡宴於日夜終愷樂之令儀毛詩曰愷樂飲酒又曰莫不令儀於是暮春之禊元巳之辰方軌齊軫祓于陽瀕毛詩曰惟暮之春史記曰武帝禊霸上續漢書曰三月上巳官人皆禊於東流水上祓除宿垢疢也周禮曰女巫掌歲時祓除楊雄蜀都賦曰相與如乎陽瀕朱帷連網曜野映雲網維網也男女姣服駱驛繽紛駱驛繽紛往來衆多貌致飾程蠱傒紹便

娟廣雅曰程示也便娟則蟬蜎也蠱及便紹便娟巳見西京賦微眺流睇蛾眉連卷鄭玄禮記注曰睇傾視也徒計切毛詩曰螓首娥眉郭璞爾雅注曰蠶蛾也連卷曲貌卷音權於是齊僮唱兮列趙女齊趙二國名也楊惲書曰婦趙女也坐南歌兮起鄭舞白鶴飛兮繭曳緒吕氏春秋曰禹行水見塗山之女禹未之遇而省南土塗山之女乃令其妾往候禹于塗山之陽女乃作歌曰候人猗兮實始爲南音周公召公取風焉高誘曰取南音以爲樂歌也楚辭曰二八齊容起鄭舞王逸曰鄭國舞也白鶴飛兮繭曳緒皆舞人之容脩袖繚繞而滿庭羅襪躡蹀而容與繚繞袖長貌躡蹀小步貌說文曰躡蹈也徒頰切許慎淮南子注曰蹀蹈也蘇協切翩緜緜其若絶眩將墜而復舉毛萇詩傳曰緜緜長而不絶貌國語曰觀美而眩賈逵曰眩惑也翹遙遷延蹩躠蹁躚翹遙輕舉貌遷延却退貌上林賦曰便姍蹩屑蹩蒲結切躠素結切蹁步先切躚素田切結九秋之增傷怨西荊之折盤古樂府有

歷九秋妾薄相行歌辭曰齊謳楚舞紛紛歌聲上徹青雲西荆即楚舞也折盤舞貌張衡有七盤舞賦咸以折盤爲七盤盤也彈箏吹笙更爲新聲毛詩曰吹笙鼓簧史記曰衛靈公見晋平公曰今者未聞新聲請奏之更古衡切寡婦悲吟鵾雞哀鳴寡婦曲未詳古相和歌有鵾雞之曲坐者悽欷蕩魂傷精楚辭曰憯悽增欷傷精神也神女賦曰精神相依憑於是羣士放逐馳乎沙場逐馳逐也騄驥齊鑣黄閒機張騄驥駿馬之名也穆天子傳八駿有赤驥騄耳音録説文曰鑣馬銜也彼驕切漢書曰李廣以大黄射其裨將鄭氏曰黄閒弩淵中黄牙尚書曰若虞機張孔安國曰機弩牙足逸驚飈鏃析毫芒言馬疾而矢利析音錫俯貫魴鱮仰落雙鶬音倉魴鱮已見西京賦列子曰蒲且子連雙鶬於青雲之上鶬已見西都賦魚不及竄鳥不暇翔言急遽也高唐賦曰飛鳥未及起走獸未及發爾乃撫輕舟兮浮清池亂北渚兮揭南涯浮已見西都賦爾雅曰水正絶

流曰亂說文曰揭高舉也汰太瀺仕減灂仕角兮船容裔陽侯澆兮掩鳧鷖楚辭曰齊吳榜以激汰王逸曰汰水波也上林賦曰瀺灂隕隊戰國策曰塞漏舟而輕陽侯之波則舟覆矣淮南子曰武王伐紂渡于孟津陽侯之波逆流而擊之高誘曰陽侯陽國侯也溺死於水其神能爲大波王逸楚辭注曰回波爲澆毛詩曰鳧鷖在潨追水豹兮鞭蝄蜽憚丁達夔龍兮怖蛟螭水豹已見西京賦說文曰蝄蜽山川之精物也蛟螭若龍而黃國語曰木石之怪夔水之怪龍韋昭曰木石爲山也夔一足也於是日將逮昏樂者未荒毛詩曰好樂無荒收驩命駕分背迴塘孔叢子曰巾車命駕廣雅曰塘堤也車雷震而風厲馬鹿超而龍驤雷震言多也風厲言疾也毛詩曰戎車焞焞如霆如雷毛萇詩傳曰雷出地奮震驚百里古詩曰涼風率已厲杜預左氏傳注曰厲猛也韓子曰馬如鹿者千金鄒陽上書曰蛟龍驤首舞賦曰龍驤橫舉揚鑣飛沫周禮曰凡馬八尺已上爲龍夕暮言歸其樂難忘此乃游觀之好耳

目之娱未睹其美者焉足稱舉 言此游觀耳目之樂非極美也 夫南陽者眞所謂漢之舊都者也遠世則劉后甘厥龍醢海視魯縣而來遷 左氏傳曰劉累學擾龍于豢龍氏以事孔甲龍一雌死潛醢以食夏后夏后饗之既又使求之懼而遷於魯縣漢書曰南陽郡魯陽縣即御龍氏所遷 奉先帝而追孝立唐祀乎堯山 先帝謂堯也皇甫謐曰堯始封於唐今中山唐縣是也後徙晉陽及爲天子都平陽於詩爲唐國是堯以唐侯升爲天子也水經曰南陽縣西堯山酈元曰魯縣立堯祠於西山謂之堯山也 固靈根於夏葉終三代而始蕃 音繁　言劉氏植根於夏葉終三代而始蕃昌也毛萇詩傳曰葉世也三代已見班固兩都序 非純德之宏圖孰能揆 求癸 而處旃 孔安國尚書傳曰揆度也鄭玄毛詩箋曰旃之也 近則考侯思故匪居匪寧穢長沙之無樂歷江湘而北征 東觀漢記曰春陵節侯長沙定王中子買節侯

生戴侯戴侯生考侯考侯仁以舂陵地勢下濕難以久處上書願徙南陽守墳墓元帝許之於是北徙考或爲孝非也曜朱光於白水會九世而飛榮朱光火德也已見東京賦東觀漢記曰考侯仁徙封南陽白水鄉又曰世祖光武皇帝高祖九世孫承文景之統出自長沙定王榮光榮也封禪書曰發號榮察茲邦之神偉啓天心而寤靈言考侯既察此都之神偉且啓上天之心又寤先靈之意使之而王也說文曰偉奇也於其宮室則有園廬舊宅隆崇崔嵬說文曰崔高大也御房穆以華麗連閣煥其相徽御房帝舊房也相徽言俱美孔安國尚書傳曰徽美也聖皇之所逍遙靈祇之所保綏聖皇謂光武也逍遙謂潛龍之日韓詩外傳曰逍遙也靈祇天地之神也毛詩曰神保是饗又曰綏以多福也章陵鬱以青葱清廟肅以微微東觀漢記曰建武中更名舂陵爲章陵光武過章陵祠園廟爾雅曰青謂之葱林木茂盛之貌微微幽靜貌皇祖歆而降福彌

萬祀而無褱毛詩曰獻之皇祖說文曰歆神食氣也毛詩曰降福孔夷爾雅曰彌終也又曰祀年也帝王臧其擅美詠南音以顧懷帝王光武也顧懷過章陵祠園廟之時也爾雅曰臧善也說文曰擅專也左氏傳楚鍾儀囚於晉與之琴操南音劇秦美新曰后土顧懷且其君子引懿明叡允恭溫良容止可則出言有章進退屈伸與時抑揚班固說東平王蒼曰體弘懿之姿叡哲也已見東京賦尚書曰允恭克讓論語子貢曰夫子溫良恭儉讓孝經曰容止可觀進退可度毛詩曰其容不改出言有章周易曰往者屈也來者伸也屈伸相感而利害生焉班固漢書叔孫通述曰叔孫奉常與時抑揚方今天地之睢虛惟刺力達帝亂其政豺虎肆虐真人革命之秋也漢書音義曰方向也謂高祖之時蒼頡篇曰今時辭也謂光武天地猶天下也睢刺喻禍亂也謂秦二葉也淮南子曰萬物盱睢楚辭曰獨乖刺而無當王逸曰刺邪也帝謂高祖也馬融論語注曰亂理也豺狼貪殘謂王莽也真人光武

也文子曰得天地之道故謂之真人革命已見東都賦爾其則有謀臣武將皆能攫九縛戾執猛破堅摧剛排揵件陷扃古熒蹵蹈咸陽蒼頡篇曰攫搏也說文曰揵距門也又曰扃外閉之關也高祖階其塗光武攬其英漢書曰沛公圍宛城南陽守齮降引兵西無不下者爾雅曰階因也齮音蟻東觀漢記曰鄧禹吳漢並南陽人三略曰主將之體務在攬英雄之心是以關門反距漢德久長言居西而距東居東而距西故言反也杜篤論都賦曰是時山東翕然狐疑意聖朝之西都懼關門之反距及其去危乘安視人用遷去危乘安謂太平也視人用遷謂觀人所安而設教周召之儔據鼎足焉以庀匹俾王職史記曰周公旦者周武王弟也輔武王又召公奭姓姬氏成王時召公爲三公漢書曰夫三公鼎足之輔也賈逵國語注曰庀由理也縉紳之倫經綸訓典賦納以言漢書音義臣瓚曰縉赤白色紳大帶也周奇曰搢插笏於大帶周易曰君子以經綸國語曰修其訓

典尚書曰敷納以言也是以朝無闕政風烈昭宣也春秋考異郵曰後雖殊世
風烈猶合於持方宋均曰持方受命者名於是乎鯢齒眉壽鮐背之叟皤
皤然被黃髮者毛詩曰以介眉壽毛萇曰眉壽毫眉也爾雅曰黃髮鯢齒鮐背耇老壽也
皤皤已見東京賦喟然相與歌曰望翠華兮葳蕤建太常兮
裶裶音霏上林賦曰建翠華之旗葳蕤翠華貌太常已見東京賦上林賦曰衯衯裶裶駟飛龍
兮騤騤逵振和鑾兮京師飛龍言疾也周易曰飛龍在天毛詩曰四牡騤騤鄭
玄禮記注曰鑾輅有虞氏之車也有鑾和之節揔萬乘兮徘徊按平路兮來
歸萬乘見東京賦毛萇詩傳曰迴遲也然徘徊即遲遲也毛詩曰行道遲遲南陽舊居故曰來歸毛詩曰來
歸自鎬豈不思天子南巡之辭者哉遂作頌曰毛詩曰豈不爾
思尚書曰五月南巡狩

皇祖止焉光武起焉皇祖高祖也周易曰庖犧氏没神農氏作據彼河洛統四海焉河洛謂東都也西都賦曰嘗有意乎都河洛夲枝百世位天子焉毛詩曰文王子孫夲枝百世永世克孝懷桑梓焉毛詩曰永世克孝又曰維桑與梓必恭敬止真人南巡覩舊里焉東觀漢記曰光武征秦豐幸舊宅酈元水經注曰光武征秦豐張衡以爲真人南巡觀舊里焉

三都賦序一首

左太沖善曰臧榮緒晉書曰左思字太沖齊國人少博覽文史欲作三都賦乃詣著作郎張載訪岷邛之事遂構思十稔門庭藩溷皆著紙筆遇得一句即疏之徵爲秘書賦成張華見而咨嗟都邑豪貴競相傳寫三都者劉備都益州號蜀孫權都建業號吳曹操都鄴號魏思作賦時吳蜀已平見前賢文之是非故作斯賦以辨衆惑

劉淵林注三都賦成張載爲注魏都劉逵爲注吴蜀自是之後漸行於俗也

蓋詩有六義焉其二曰賦善曰子夏詩序文也楊雄曰詩人之賦麗以則善曰法言文也班固曰賦者古詩之流也善曰兩都賦序文先王采焉以觀土風善曰禮記曰命太師陳詩以觀民風鄭玄曰陳詩謂采其詩以觀視之見緑竹猗猗於宜則知衛地淇澳於六之産善曰毛詩衛風曰瞻彼淇澳緑竹猗猗見在其版屋則知秦野西戎之宅善曰毛詩秦風曰在其版屋亂我心曲毛萇曰西戎版屋也故能居然而辨八方善曰河圖文曰鎮星光明八方歸德難蜀父老曰六合之内八方之外然相如賦上林而引盧橘夏孰楊雄賦甘泉而陳玉樹青葱班固賦西都而歎以出比目張衡賦西京而述以遊海若凡此四者皆非西京之所有也假

稱珍怪以爲潤色若斯之類匪啻失至于茲善曰茲此也假稱珍怪也若斯珍之流不啻於此多尚書曰不啻如自其口出考之果木則生非其壤校之神物則出非其所於辭則易爲藻飾於義則虛而無徵蓋韓非所謂畫鬼魅易爲好畫狗馬難爲工之類且夫玉卮紙移無當去聲雖寶非用卮一名觶酒器也當底也善曰韓子堂溪公謂韓昭侯曰今有白玉之卮無當有瓦卮有當君寧何取曰取瓦卮也侈言無驗雖麗非經善曰劉廙荅丁儀刑禮書曰崇飾侈言欲其往來而論去聲者莫不詆丁禮訐斤謁其研精作者大氐音旨舉爲憲章善曰墨子曰雖有詆訐之人無所依矣說文曰詆訶也訐面相㡿罪也尚書序曰研精覃思司馬遷書曰詩三百篇大氐賢聖發憤之所爲也禮記曰憲章文武積習生常有自來矣傳曰習實生常善曰左傳叔孫曰叔出季處有自來矣余既思摹莫蒲二京而賦三都其山

川城邑則稽之地圖其鳥獸草木則驗之方志善曰周禮曰外史掌四方之志鄭玄曰志記也風謡歌舞各附其俗魁梧忤長者莫非其舊善曰漢書音義應劭曰魁梧丘墟壯大之意也韓子曰重厚自尊謂之長者何則發言爲詩者詠其所志也善曰毛詩序曰詩者志之所之在心爲志發言爲詩升高能賦者頌其所見也善曰毛萇詩傳曰升高能賦可以爲大夫美物者貴依其本讚事者宜本其實善曰釋名曰稱人之美曰讚匪本匪實覽者奚信且夫任土作貢虞書所著辯物居方周易所愼虞書曰禹別九州任土作貢定其肥磽之所生也而著九州貢賦之法也周易曰君子以愼辯物居方聊舉其一隅攝其體統歸諸詁訓焉

蜀都賦一首

有西蜀公子者言於東吴王孫善曰聖主得賢臣頌曰今臣僻在西蜀史記武王得仲雍曾孫周章封之東吴漢書曰漂母謂韓信曰吾哀王孫而進食蘇林曰如言公子也博物志曰王孫公子皆相推敬之辝曰蓋聞天以日月爲綱地以四海爲紀九土星分萬國錯跱崤胡交函有帝皇之宅河洛爲王者之里非日月無以觀天文非四海無以著地理故聖人仰觀俯察窮神盡微者必須綱紀也崤東西崤也函函谷關也賈生過秦曰以崤函爲宫里居也言周漢皆以河洛爲都邑善曰越絶書范蠡曰天貴持盈不失日月星辰之綱紀毛詩曰滔滔江漢南國之紀周禮曰以星土分辨九州之地所封域尚書曰萬國咸寧張衡靈憲曰星躰生於地列居錯峙崔駰河南尹箴曰唐虞商周河洛是居吾子豈亦曾聞蜀都之事歟請爲左右揚搉古學而陳之韓非有揚搉篇班固曰揚搉古今其義一也善曰許慎淮南子注曰揚搉粗略也夫蜀都者蓋兆基於上世開國於

中古廓靈關以爲門包玉壘而爲宇帶二江之雙流
抗峨眉之重阻楊雄蜀王本紀曰蜀王之先名蠶叢柏
濩魚鳧蒲澤開明是時人萌椎髻左言
不曉文字未有禮樂從開明上到蠶叢積三萬四千歲
故曰兆基於上代也秦惠王討滅蜀王封公子通爲蜀
侯惠王二十七年使張若與張儀築成都城其後置蜀
郡以李氷爲守地理志曰蜀守李氷鑿離堆穿兩江爲
人開田百姓饗其利是時蜀人始通中國言語頗與華
同故言開國於中古也靈關山名在成都西南漢壽界
在前故曰門也玉壘山名也湔水出焉在成都西北岷
山界在後故曰宇也江水出岷山分爲二江經成都南
東流經之故曰帶也楊雄蜀都賦曰兩江珥其前水陸
峨眉山名也在成都南犍爲界面之故曰抗也
所湊兼六合而交會焉豐蔚所盛茂八區而菴烏覽藹
焉八區四方四隅也地理志曰巴蜀土地肥美有山林
菓實之饒班固西都賦曰郊野之富號爲近蜀美其
豐盛善曰六合已見西都賦長楊賦曰洋溢八區於前則跨躡犍乾牂臧枕之鴆

輢交趾，經途所亘，五千餘里。山阜相屬，含谿懷谷。崗巒糺紛，觸石吐雲。阜，大山也。巒，山長而狹也。一曰山小而銳也。水注川曰谿，注壑曰谷。善曰：漢書志有犍爲郡、牂牁郡，並屬益州，又有交趾郡屬交州。輢，寄也，於蟻切。春秋元命包曰：山有含精藏雲，故觸石而出也。鬱葐（汾）蒀（於文）以翠微，崛（魚物）巍巍以峩峩。干青霄而秀出，舒丹氣而爲霞。翠微，山氣之輕縹也。霞，赤雲也。嚴夫子哀時命曰：紅霓紛其朝霞。山澤氣通，故曰舒丹氣以爲霞也。善曰：甘泉賦曰：騰青霄而軼浮景。河圖曰：崑崙山有五色水，赤水之氣上蒸爲霞而赫然也。龍池滈（胡角）瀑（步角）濆（扶刎）其隈，漏江伏流潰（胡內）其阿。汩（骨）若湯谷之揚濤，沛（普賴）若濛汜（似）之涌波。龍池在朱提南十里，地周四十七里。漏江在建寧，有水道伏流數里，復出，故曰漏江。湯谷，日所出也。濛汜，日所入也。善曰：滈瀑，水沸之聲也。公羊傳曰：濆泉者何？涌泉也。淮南子曰：日出于湯谷，浴于咸池。楚辭云：日出于陽谷，入于濛汜。濛汜見西京賦於是乎邛竹緣嶺，菌桂臨崖，宜旁挺龍目，側生荔枝，布綠葉之萋萋，結朱實之離離，迎隆冬而不凋，常曄曄以猗猗。邛竹出興古盤江以南，竹中實而高節，可以作杖。神農本草經曰：菌桂出交阯，圓如竹，爲衆藥通使。一曰菌薰也，葉曰蕙，根曰薰。南裔志曰：龍眼、荔枝生朱提南廣縣、犍爲僰人道縣，隨江東至巴郡江州縣，往往有荔枝樹，高五六丈，常以夏生，其變赤可食。龍眼似荔枝，其實亦可食。邛竹、菌桂、龍眼、荔枝皆冬生不枯，鬱茂於山林。善曰：王逸荔枝賦曰：綠葉蓁蓁。又曰：朱實叢生。孫卿子曰：松柏經隆冬而不凋，蒙霜雪而不攣。曄曄猗猗，已見西都賦。孔翠群翔，犀象競馳，白雉朝雊，猩猩夜啼。金馬騁光而絶景，碧鷄儵忽而曜儀，火井沈熒於幽泉，高爓飛煽扇於天垂。孔，孔雀也。翠，翠鳥也。孔雀特出永昌南涪縣。翡翠常以二月九月群翔，與古十餘。白雉出永昌。猩猩生交阯封溪，似猨，人面，能言語，夜聞其聲如小兒啼。

春秋傳曰豕人立而啼服子慎曰啼呼也淮南子曰猩猩知往地理志曰金馬碧雞在越巂青蛉縣禺同山漢宣帝時方士言益州有金馬碧鷄之神可以醮祭而置也宣帝使諫議大夫王褒持節而求之褒道病卒竟不能致也蜀郡有火井在臨邛縣西南火井鹽井也欲出其火先以家火投之須臾許隆隆如雷聲爓出通天光輝十里以筩盛之接其光而無炭也煽熾也善曰廣雅曰熒光也說文曰爓火焰也音艷天垂天四垂也**其閒則有虎珀丹青江珠瑕英金沙銀礫**歷**符采彪**筆尤**炳暉麗灼**酌**爍**舒藥切永昌博南縣出虎珀牂牁有白曹山出丹青曾青空青也本草經云皆出越巂郡瑕玉屬也楊雄蜀都賦云瑕英江珠永昌有水出金如糠在沙中興古盤町山出銀符采玉之橫文也灼爍艷色也善曰博物志曰虎珀一名江珠**於後則却背華容北指崑崙緣以劒閣阻以石門**華容水名在江由之北崑崙山名也楊雄蜀都賦曰北屬崑崙劒閣谷名自蜀通漢中道一由此背有閣道在梓潼郡東北石門在漢中之西褒中之北此二處蜀之險隘於是在焉**流**

漢湯湯(傷)驚浪雷奔望之天迴即之雲昏水物殊品鱗
介異族或藏蛟螭(知勑)或隱碧玉嘉魚出於丙穴良木攢
於褒谷 有鱗曰蛟螭蛟螭水神也一曰雌龍也一曰龍
尸子曰龍淵生玉英丙穴在漢中沔陽縣北有魚穴二
所常以三月取之丙地名也褒中縣南口斜谷水源在
北南流經褒中故北口曰斜南口曰褒同一谷耳長四
百七十里褒斜出良材漢書曰斜谷之木不足爲我械
善曰枚乘七發曰波湧而濤起横奔似
雷行任豫益州記曰嘉魚鱗似鱒魚 其樹則有木蘭
梫(寢)桂杞櫹(蕭)椅(於其)桐椶枒(邪)栟(耕八)樅(七松)楩(頻縣)柟(南)幽
藹於谷底松柏蓊鬱於山峯 木蘭大樹也葉似長生冬夏榮常以冬華其實
如小柿甘美南人以爲梅其皮可食楊雄蜀都賦曰樹
以木蘭梫桂木桂也傳曰杞梓之木櫹大木也詩曰其
桐其椅椶枒出蜀其皮可作繩履栟似松有
刺也樅柏葉松身楩柟二樹名皆大木也 擢脩幹竦

長條扇飛雲拂輕霄羲和假道於峻岐陽烏迴翼乎
高標言山木之高也善曰楚辭曰吾令羲和弭節兮廣雅曰日御謂之羲和左傳曰假道於虞春秋元命
包曰陽成於三故日中有三足烏烏者陽精巢居棲翔聿兼鄧林穴宅奇獸
窠宿異禽鄧林林名也窠鳥巢也善曰鄧林已見西京賦熊羆咆步交其陽鵰
鶚鴪聿其陰猨狖弋狩騰希而競捷虎豹長嘯而永吟鶚其
形如鵰皆鷙鳥也枚乘曰鷙鳥累百不如一鶚鴪疾貌也善曰楚辭曰虎豹鬬兮熊羆咆說文曰咆嗥也毛詩曰
鴪彼晨風春秋元命包曰猛虎嘯谷風起杜篤連珠曰長吟永嘯於東則左緜巴中百
濮音卜所充濮夷也傳曰麋人率百濮今巴中七姓有濮也外負銅梁於宕徒浪渠
内函要害於膏腴銅梁山名宕渠縣名銅梁在巴東宕縣在巴西出鐵要害地險隘也膏腴土地肥
沃也其中則有巴菽巴戟靈壽桃枝樊以蒩資覯圃濵以鹽

池巴菽巴豆也巴戟巴戟天也靈壽木名也出涪陵縣桃枝竹屬也出墊江縣二者可以爲杖樊蕃也詩曰營營青蠅止于樊蒩草名也亦名土茄葉覆地而生根可食人飢則以繼糧鹽池出巴東北新井縣水出地如湧泉可煑以爲鹽善曰埤蒼曰蒩蕺也蕺側及切蟞必滅蛦音啼山棲黿元龜水處潛龍蟠於沮子預澤應鳴鼓而興雨蟞蛦鳥名也如今之所謂山雞其雄色班雌色黑出巴東黿大龜也譙周異物志曰涪陵多大龜其甲可以卜其緣中又似瑇瑁俗名曰靈又沮有萊澤也巴東有澤水人謂有神龍不可鳴鼓鳴鼓其傍即便雨也善曰李尤七嘆曰龍鼉水處方言曰未升天龍謂之蟠龍綦毋邃孟子注曰澤生草言蒩沮與蒩同丹沙赩許力熾昌志出其坂蜜房郁毓被其阜山圖采而得道赤斧服而不朽涪陵丹與二縣出丹砂丹砂出山中有穴尚書禹貢曰厥土赤埴巴西漢昌縣多野蜂蜜蠟山圖隴西人也隨道士之名山採藥身輕不食莫知所如赤斧巴人也能煉丹砂與消石服之身體毛髮盡赤皆古仙者也見列仙傳善曰毛萇詩傳

曰艴赤貌也鄭玄尚書注曰熾赤也班固終南頌曰蜜房溜其巔郁毓盛多也若乃剛悍汗生其方風謠尚其武奮之則賨在宗旅翫之則渝舞銳氣剽於中葉蹻綺驕容世於樂府善曰廣雅曰悍勇也應劭風俗通曰巴有賨人剽勇高祖爲漢王時閬中人范目說高祖募取賨人定三秦封目爲閬中慈鳧鄉侯并復除目所發賨人盧朴沓鄂度夕龔七姓不供租賦閬中有渝水賨人左右居銳氣喜舞高祖樂其猛銳數觀其舞後令樂府習之楊雄荆州箴曰風飄以悍氣銳以剛毛詩曰昔在中葉漢書曰武帝樂府於西則右挾故蝶岷山涌瀆發川陪以白狼夷歌成章江水出岷山也白狼夷在漢壽西界漢明帝時作詩三章以頌漢德益州刺史朱輔驛傳其詩奏之語在輔傳也坰野草昧林麓黝於糾儵式六交讓所植蹲存鴟所伏交讓木名也兩樹對生一樹枯則一樹生如是歲更終不俱生俱枯也出岷山在安都縣蹲鴟大芋也其形類蹲鴟故卓王孫曰吾聞岷山之下沃野下有蹲鴟至死不

飢善曰黝儵茂盛貌百藥灌叢寒卉冬馥異類衆夥禍于何不育
其中則有青珠黃環碧砮芒消或豐綠荑啼或蕃伐元丹
椒蘪蕪布濩護於中阿風連莚餘戰蔓萬於蘭皋紅葩紫
飾柯葉漸苞敷蘂葳蕤落英飄颻青珠出蜀郡平澤黃鐶出蜀郡碧石
生越嶲郡無會縣砮可作箭鏃禹貢梁州厥貢砮石芒
消出蜀郡廣陽山綠荑辛夷蘪蕪皆香草也蘪蕪出岷
山替陵山風連出岷山一曰出廣都山岷山特多藥草
其椒尤好異於天下漸苞相苞裹而同長也書曰草木
漸苞蘂者或謂之華或謂之實一曰花鬚頭點也楚辭曰採薜荔之落英神農是嘗盧跗
是料聊芳追氣邪味蠲癘痟音消扁鵲盧人古良醫楊雄法言曰扁鵲盧
人而醫多盧癘氣不和之氣也痟亦頭病也周禮四時
皆有癘疾春多痟首之疾漢書相如常有痟病善曰淮
南子曰神農乃始教人播種五穀嘗百草之滋味史記
曰虢中庶子謂扁鵲曰臣聞上古之時醫有俞跗醫病

不以湯液其封域之內則有原隰墳衍通望彌博演以潛沫武蓋浸以緜雒禹貢梁州云沱潛既道有水從漢中沔陽縣南流至梓橦漢壽縣入穴中通岡山下西南潛出今名複水舊說云禹貢潛水也又有水出岷山之西東流過漢壽南流有高山上合下開水經其中曰沫水水潛行曰演此二水伏流故曰演以潛沫緜水在緜竹縣出紫巖山雒水在上雒縣出桐柏山周禮曰揚州其浸五湖言益州之有緜雒猶揚州之有五湖故曰浸以緜雒也潛沫緜雒四水所經本皆蜀郡故皆謂之封域之內也溝洫脈散疆里綺錯黍稷油油秔古衡稻莫莫指渠口以為雲門灑滮扶彪池而為陸六澤雖星畢之滂普郎沲度羅尚未齊其膏液廣深四尺為溝倍溝為洫左氏傳曰先王疆理天下謂地勢縱横之宜也莫莫茂也李冰於湔山下造大堋以壅江水分散其流溉灌平地故曰指渠口以為雲門也滮流貌詩曰滮池北流浸彼稻田蔡邕曰凝雨曰陸尚書洪範曰星有好雨月失道而入畢則多雨詩曰月離于畢俾滂沲

矣善曰鄭玄周禮注曰黃帝樂曰雲門言黃帝之爾乃
德如雲之出門也然此唯取雲門之名不取樂也
邑居隱賑之忍夾江傍山棟宇相望桑梓接連家有鹽泉
之井戶有橘柚之園隱盛也賑富也梓木名可以爲琴
瑟蜀都臨邛縣江陽漢安縣皆有
鹽井巴西充國縣有鹽井數十大曰柚小曰橘犍爲南
安縣出黃甘橘地理志曰蜀都嚴道巴郡朐忍魚復二
縣出橘有橘官善曰楊雄蜀都賦曰夾
江緣山又曰西有鹽泉鐵冶橘林銅陵其園則有林檎
枇杷橙柹梬郢楟亭榹心移桃函含列梅李羅生皆菓名也林檎
實似赤柰而小味如梨枇杷冬華黃實夲出蜀蜀有給
客橙冬夏華實相繼張揖曰梬山梨善曰爾雅曰榹桃
山桃也百果甲宅坼異色同榮朱櫻春熟素柰夏成善曰周易
曰百果草木皆甲坼鄭玄曰木實曰果皆讀如人倦之
解解謂坼呼皮曰甲根曰宅宅居也呼火亞切漢書叔
孫通曰古有春嘗果今櫻桃熟可嘗也
素柰白柰也王逸荔枝賦曰酒泉白柰若乃大火流涼

風厲列白露凝微霜結詩曰七月流火禮記月令孟秋涼風至善曰毛萇詩傳曰火大火也流下也毛詩曰白露爲霜楚辭曰微霜結兮眇眇

紫梨津潤樼側鄒栗鏬呼亞發蒲陶亂潰胡對若榴競裂甘至自零芬芬酷苦毒烈詩云樹之榛栗傳曰榛栗棗脩鏬發栗皮坼鏬而發也甘至言熟也善曰西京雜記曰上林有紫梨郭璞上林賦注曰蒲陶似燕薁可作酒馬融西第頌曰紫房潰漏又曰胡桃自零若榴巳見兩都賦上林賦曰酷烈淑郁榛與樼同

其園則有蒟俱宇蒻弱茱萸瓜疇芋于句區甘蔗之夜辛薑陽蓲許于陰敷蒟蒟醬也緑樹而生其子如桑椹熟時正青長二三寸以蜜藏而食之辛香温調五臟蒻草也其根名蒻頭大者如斗其肌正白可以灰汁煑則凝成可以苦酒淹食之蜀人珎焉茱萸一名藙也疇者界埒小畔際也楊雄太元經曰陽蓲萬物言陽氣蓲煦生萬物也陰敷薑生於陰也

日往菲薇月來扶踈任土所麗衆獻而儲任土任其土地所生也尚書所謂任土作貢也

易曰百穀草木麗乎土

其沃瀛(盈)則有攢(在官)蔣(將)叢蒲緑菱紅蓮雜以藴藻糅(女又)以蘋蘩(楚辭曰倚沼畦瀛王逸云瀛澤中也班固以爲畦蔣菰名也藴藻蘋蘩皆水草也藴叢也)總莖柅柅(乃禮)裛(於業)葉蓁蓁(臻)蕡(墳)實時味王公羞焉(柅柅蓁蓁盛茂貌也詩曰爾肴既將傳曰苟有明信澗谿沼沚之毛蘋蘩藴藻之菜可薦於鬼神可羞於王公善曰毛詩曰敦彼行葦維葉柅柅又曰桃之夭夭其葉蓁蓁又曰桃之夭夭有蕡其實)

其中則有鴻儔鵠侶振鷺鵜(徒兮)鶘(胡)晨鳧旦至候鴈銜蘆(皆水鳥名鴻鵠多群飛故言侶儔也振鷺鵜鶘二鳥名也晨鳧常以晨飛也鴈候時南北故曰候鴈銜蘆以禦繒繳令不得截其翼也淮南子曰鴈銜蘆而翔以備繒繳善曰毛詩曰振鷺于飛爾雅曰鵜洿澤也郭璞曰即鵜鶘也說苑曰魏文侯嗜晨鳧呂氏春秋曰季秋之月候鴈來)木落南翔冰泮北徂雲飛水宿哢吭(胡剛)清渠其深則有白黿命鼈兮獺上祭

鱣陟連鮪于鬼鱒在本魴鮷啼鱧禮魦鱨木落者葉落也木葉落秋時也冰泮春時
也善曰淮南子曰木葉落而長年悲家語曰冰泮而農桑起爾雅曰吭鳥嚨禮記月令孟春獺祭魚將食之先
以祭也鱣鮪鱧也鮷似鮎魦似鮒鱒魴皆見詩也楚辭曰乘白黿兮逐文魚張衡應問曰黿鳴而鼈應命
呼也差鱗次色錦質報章躍濤戲瀨中流相忘莊周云泉涸魚相與
處陸相呴以濕相濡以沫不若相忘於江湖善曰毛詩曰終日七襄不成報章於是乎金城石
郭兼帀中區既麗且崇實號成都金石言堅也故朝錯曰神農之教雖有金
城湯池也闢二九之通門畫方軌之廣塗營新宮於爽塏愷
擬承明而起廬漢武帝元鼎二年立成都十八門周禮經塗九軌畫言端直也爽塏高明也善
曰左氏傳曰齊景公欲更晏子之宅曰請更諸爽塏者杜預曰就高燥也漢書曰嚴助爲會稽太守帝賜書曰
君猒承明之廬張晏曰承明廬在石渠門外結陽城之延閣飛觀榭乎雲中

開高軒以臨山列綺窻而瞰苦檻江陽城蜀門名也善曰淮南子曰延閣棧道
高軒堂左右長廊之有窻者張載魯靈光殿賦注曰軒檻所以開明也古詩曰交疏結綺窻內則議
殿爵堂武義虎威宣化之闥崇禮之闈議殿爵堂殿堂名也武義虎威
二門名也宣化崇禮皆闈闥之名也華闕雙邈重門洞開金鋪交映玉題
相暉金鋪門鋪首以金爲之玉題以玉爲之孟子曰榱題數尺揚雄曰旋題玉英善曰西都賦曰樹中天
之華闕長門賦曰擠玉户而撼金鋪外則軌躅直錄八達里閈汗對出比屋
鄽甍千廡音武萬室閈里門也管子曰閭閈不可以無闔廬綰與高祖同里班固曰綰自同閈
廡庌也蘇秦說魏襄王曰廬廡之數也善曰漢書班嗣與桓生書曰伏孔氏之軌躅音義曰三輔說牛蹄處爲
躅爾雅曰八達謂之崇期孫炎曰崇多也多道會期於此亦有甲第當衢向術壇徒蘭
宇顯敞高門納駟四術道也楚辭九章曰燕雀烏鵲巢堂壇兮王逸曰壇猶堂也漢于公高其

門使容駟馬高蓋此言甲第高門可以納駟善曰西京賦曰北闕甲第當道直啓李尤高安館銘曰增臺顯敞禁室靜幽庭扣苦后鍾磬堂撫琴瑟匪葛匪姜疇能是恤疇誰也善曰蜀志曰諸葛亮爲丞相又曰姜維初爲亮倉曹掾稍遷爲大將軍亞以少城接乎其西市廛所會萬商之淵列隧百重羅肆巨千賄呼罪貨山積纖麗星繁少城小城也在大城西市在其中也都人士女袨縣服靚才姓糚賈音古貿莫構墆直例鬻舛兖錯縱橫異物崛詭奇於八方布有橦華麪有桄光榔郎邛杖傳節於大夏之邑蒟句醬流味於番潘禺愚之鄉蘇林曰袨服謂盛服也張揖曰靚謂粉白黛黑也墆貯也橦華者樹名橦其花柔毳可績爲布也出永昌桄榔樹名也木中有屑如麪可食出興古張騫傳曰臣在大夏時見邛竹杖蜀布問安得此大夏國人曰吾賈人往市之身毒國身毒國在大夏東南可數千里南越傳曰使唐蒙

諷曉南越食蒙以蒟醬蒙問所從來荅曰西北牂牁江
廣數里出番禺城下故漢書曰感蒟醬竹杖則開牂牁
越嶲也邛竹杖以節爲奇故曰傳節也善曰都人士女
已見西都賦漢書曰富商大賈或墆財八方已見上三
都序輿輦雜沓徒合冠帶混并累轂疊跡叛衍相傾諠譁鼎
沸則哤莫江聒公達宇宙囂許驕塵張陟亮天則埃壒烏蓋曜靈叛亂
也莊周曰何貴何賤是謂叛衍善曰蔡邕月令章句曰
冠首飾也帶大帶所以束身也司馬彪莊子注曰叛衍
猶漫衍也國語管子曰四人雜處則其言哤說文曰聒
讙語也文子曰四方上下曰宇說文曰宙舟輿所極覆
也西都賔曰軼埃壒之混濁楚辭曰角闤闠之裏伎巧
宿未旦耀靈焉藏廣雅曰耀靈白日也
之家百室離房機杼相和貝錦斐成濯色江波黃潤比
毗二筒籯盈金所過闤市巷也闠市外內門也貝錦錦文也譙周益州志云成都織錦既成濯於江
水其文分明勝於初成他水濯之不如江水也黃潤謂
筩中細布也司馬相如凡將篇曰黃潤纖美宜制禪楊

雄蜀都賦曰筒中黃潤一端數金籝籯勝也韋賢傳曰黃金滿籯籯善曰毛詩曰百室盈止古詩曰札札弄機杼毛詩曰萋兮斐兮侈侈隆富卓鄭埒劣名公擅山川貨殖成是貝錦也

私庭藏鏹九兩巨萬鈲浦覓摫規兼呈亦以財雄翕習邊城漢書貨殖傳曰蜀卓氏之臨邛公擅山川銅鐵上爭王者之利下錮齊人之業富至僮八百人程鄭亦冶鑄富埒卓氏司馬相如傳云臨邛富人程鄭僮亦數百人鏹錢貫也殖貨志曰藏鏹千萬楊雄方言云鈲摫裁也梁益之間裁木爲器曰鈲裂帛爲衣曰摫兼呈者皆有常課至擬於王者亦以財雄猶班壹以財雄邊城也漢書班氏叙傳當孝惠高后時以財雄邊出入弋獵旌旗鼓吹以臨邛是蜀郡之邊縣故云邊城善曰藏鏹管子之文也

三蜀之豪時來時往養交都邑結儔附黨三蜀蜀郡廣漢犍爲也本一蜀國漢高祖分置廣漢漢武帝分置犍爲善曰孫卿子曰偷合苟容以持祿養

劇談戲論扼腕抵紙掌出則連騎歸從百兩劇甚也鬼谷先生書有抵戲篇桓譚七說

曰戲談以要譽張儀傳曰天下之士莫不抵腕以言戰國策曰蘇秦説趙王華屋之下抵掌而言皆談說之客也百兩百乘也詩云之子于歸百兩御之善曰漢書曰楊雄口吃不能劇談連騎已見西京賦若其舊俗終冬始春吉日良辰置酒高堂以御嘉賓楊雄蜀都賦曰其俗迎春送冬百金之家千金之公善曰楚辭曰吉日兮良辰曹植箜篌引曰置酒高殿上毛詩曰以御賓客且以酌醴金罍中坐肴槅四陳觴以清醥鮮以紫鱗羽爵執競絲竹乃發巴姬彈弦漢女擊節鮮魚鱠也詩云炰鱉鱠鯉巴姬漢之美人猶衛之雅質蔡之幼女善曰毛詩曰肴核維旅鄭玄曰肴菹醢也核桃梅之屬也左氏傳楚共王有巴姬槅與核義同起西音於促柱歌江上之飄寮厲紆長袖而屢舞翩躚躚以裔裔昔周昭王涉漢中流而隕其右辛遊靡拯王遂卒不復還周乃侯其子于西翟實爲長公楚徙宅西河長公思故處始作西音長公繼是音以處西山秦國之風蓋取乎此見呂氏春秋韓子曰長

袖善舞詩曰屢舞躚躚合樽促席引滿相罰樂飲今夕一醉累月
言頻飲也善曰東方朔六言詩曰合樽促席相娛漢書曰趙李侍中皆引滿舉白毛詩曰今夕何夕又曰一醉
曰富若夫王孫之屬郤却戟公之倫從禽于外巷無居人並
乘驥子俱服魚文玄黃異校結駟繽紛王孫卓王孫也貨殖傳曰卓王
孫田宅射獵之樂擬於人君郤公豪俠也楊雄蜀都賦曰若其漁弋郤公之徒相與如乎巨野羅車百乘觀者
萬堤服箭服詩云象弭魚服善曰周易曰即鹿無虞以從禽也毛詩曰叔于田巷無居人桓子新論曰善相馬者曰
薛公得馬惡貌而正走名驥子周禮六廄成校校有左右楚辭曰青驪結駟齊千乘西踰金隄東
越玉津朔別期晦匪日匪旬金隄在岷山都安縣西隄有左右口當成都西也壁
玉津在犍爲之東北當成都之東也楊雄羽獵賦前曰邪界虞淵後曰浮彭蠡張衡羽獵前曰逐息崐崘後曰
勞許公于箕隅道里遼迴非一日所遊金堤玉津東西分行所欲經營亦非一所其間悠遠故曰朔別晦期也

若云一月之中乃能周徧不以旬日者也踔秋六蹈蒙籠涉𨆪寥廓鷹犬倏眒
勝㳄罻尉羅絡幕倏眒疾速也罻羅鳥獸網也絡幕施張之貌也善曰蒙籠已見南都賦桓譚新
論曰道路皆蒿草寥廓狼籍子雲賦曰倏眒倩浰毛群陸離羽族紛泊匹各翕響
揮霍中網林薄毛群獸也羽族鳥也陸離分散也紛泊飛薄也翕響揮霍奄忽之間也屠
麖京麋翦旄麈帶文蛇跨彫虎皆獵之所得也麖麋體大故屠之旄麈有尾故
翦之蛇虎可畏而帶跨之言其勇也尸子曰中黃伯云余左執太行之獶而右搏彫虎善曰越人衣文蛇志
未騁時欲晚追輕翼赴絕遠出彭門之闕馳九折之坂
經三峽之崢嶸躡五屼兀之蹇滻岷山都安縣有兩山相對立如闕號曰彭
門楊雄蜀都賦曰彭門鴻屼九折坂在漢壽嚴道縣卭萊山三峽巴東永安縣有高山相對相去可二十丈左
右崖甚高人謂之峽江水過其中五屼山名也一山有五重在越巂當犍爲南安縣之南也楊雄蜀都賦曰五

屼參差善曰楚辭曰下崢嶸兮無地子虛賦曰蹇滻溝瀆戟食鐵之獸射噬毒之鹿皛胡了切當爲拍拍普格切貙丑于氓於葽於堯草彈言鳥於森木貂獸毛黑白臆似熊而小以舌舐鐵須臾便數十斤出建寧郡也有神鹿兩頭主食毒草名之食毒鹿出雲南郡此二事魏完南中志所記也易曰噬腊肉遇毒貙氓謂貙人也言鳥鸐鵫之屬皆出南中文立蜀都賦虎豹之人善曰方言曰噬食也博物志曰江漢有貙人能化爲虎說文曰拍拊也漢書音義曰葽盛貌拔象齒戾歷結犀角鳥鎩所札翮獸廢足鎩翮不能飛廢足不能行也善曰淮南子曰飛鳥鎩羽走獸廢足許慎曰鎩殘也殆而朅綺列來相與第如滇丁田池集于江洲試水客艤音蟻輕舟娉江斐與神遊朅去也第且也相如傳曰第如臨卭譙周異物志曰滇池在建寧界有大澤水周二百餘里水乍深廣乍淺狹似如倒池故俗去滇池江洲在巴郡楊雄蜀都賦曰分川並注合乎江洲滇池江洲非一處也今連之者說或有在滇池時或有在江洲時無有常也應劭曰艤正也一曰南

方俗謂正船迴濟處爲艤項羽傳曰烏江亭長艤船待羽江斐二女遊於江濱逢鄭交甫挑之不知其神女也

遂解珮與之交甫悅受珮而去數十步空懷無珮女亦不見語在列仙傳罨奄翡翠釣鰋偃

鮋長流下高鶬出潛虯鰋鮋魚名吹洞簫發櫂宅孝謳感鱏尋魚

動陽侯洞簫長簫無底也王褒所頌者也漢元帝能吹洞簫櫂謳鼓櫂而歌也鱏魚出江中頭與身正

半口在腹下淮南子曰瓠巴鼓琴鱏魚出聽善曰櫂謳巳見西都賦陽侯巳見南都賦騰波沸涌

珠貝汜浮若雲漢含星而光耀洪流管子曰若江湖之人求珠貝者不舍

也言魚駭波動珠貝浮見也善曰相貝經曰素質紅裏謂之珠貝將饗獠力召者張帟幕

會平原酌清酤戶割芳鮮飲御酣賓旅旋車馬雷駭轟

轟闐闐若風流雨散漫乎數百里閒獠獵也帟平帳也周禮曰田則張幕

設帟月令曰躬耕帝籍反乃執爵命曰勞酒言以宴群臣也鮮新殺者也一曰生肉也善曰旣載清酤毛萇詩

曰酤酒也斯蓋宅土之所安樂觀聽之所踴躍也焉獨三川爲世朝市若乃卓犖呂角奇譎倜儻罔已一經神怪一緯人理遠則岷山之精上爲井絡天帝運期而會昌景福肸喜筆饗而興作碧出萇弘之血鳥生杜宇之魄妄變化而非常羌見偉於疇昔張儀曰爭名者於朝爭利者於市今三川周室天下之朝市也河圖括地象曰岷山之地上爲井絡帝以會昌神以建福上爲天井言岷山之地上爲東井維絡岷山之精上爲天之井星也昌慶也言天帝於此會慶建福也莊周曰萇弘死於蜀蜀藏其血三年化爲碧蜀記曰昔有人姓杜名宇王蜀號曰望帝宇死俗說云宇化爲子規子規鳥名也蜀人聞子規鳴皆曰望帝也善曰降丘宅土劉向雅琴賦曰觀聽之所至乃知其美也漢書音義韋昭曰有河洛伊故曰三川上林賦曰肸饗布寫近則江漢炳丙靈世載其英蔚若相如嚼在爵若君平王褒韡

曄而秀發揚雄含章而挺生幽思絢呼絹道德摛勑離藻掞傷豔天庭考四海而爲雋俊當中葉而擅名是故遊談者以爲譽造作者以爲程也相如司馬長卿也君平嚴遵也王褒字子淵楊雄字子雲皆蜀人君平作老子指歸子雲作太玄法言故曰幽思絢道德也鄭玄曰文章成謂之絢漢武帝讀相如子虛賦而善之吾獨不得與此人同時哉元帝善王褒所作甘泉洞簫頌令後宮貴人左右皆誦之楊雄奏羽獵賦天子異焉又云班固述雄傳曰初擬相如獻賦黃門故曰摛藻掞天庭也漢書禮樂志曰長麗前掞光耀明善曰史記曰屈原浮游於塵埃之外皭然泥而不滓者也徐廣曰皭踈淨之貌也周易曰含章可貞馮衍德誥曰沈情幽思引六經之精微毛詩曰昔在中葉戰國策蘇秦曰外客遊談之士無敢自進於前也至乎臨谷爲塞因山爲障峻岨塍繩埒劣長城豁險吞若巨防蘇秦曰齊南有太山東有琅邪北有渤海西有清河所謂四塞之國也史遷述蒙恬傳曰據河爲塞大曰隄小曰

塍云峻岨之嚴視長城若塍埒也谿深貌也戰國策曰齊有長城巨防足以爲塞也一人守隘萬夫莫向善曰淮南子曰一人守隘千夫莫向公孫躍馬而稱帝劉宗下輦而自王善曰范曄後漢書曰公孫述字子陽扶風人也王莽時爲導江卒正更始立述恃其地險衆附遂自立爲天子蜀志曰先主姓劉諱備漢靖王勝後也益州牧劉璋使人迎先主令討張魯先主遂進圍成都璋出降先主即皇帝位備漢後故曰宗由此言之天下孰尚故雖兼諸夏之富有猶未若茲都之無量也論語曰夷狄之有君不如諸夏之亡周易曰富有之謂大業也又論語曰惟酒無量

文選卷第四

賜進士出身通奉大夫江南蘇松常鎮太等處承宣布政使司布政使胡克家重校刊

傳古樓景印

圖書在版編目（CIP）數據

文選 / 蕭統編. — 杭州 : 浙江大學出版社，2017.6（2025.4 重印）

（四部要籍選刊. 集部）

ISBN 978-7-308-17002-4

Ⅰ. ①文… Ⅱ. ①蕭… Ⅲ. ①古典文學－作品集－中國－先秦時代－梁國 Ⅳ. ① I211

中國版本圖書館 CIP 數據核字（2017）第 117872 號

文選

（梁）蕭統 編

叢書策劃	陳志俊
叢書主編	蔣鵬翔
責任編輯	宋旭華 王榮鑫
責任校對	田程雨
封面設計	温華莉
出版發行	浙江大學出版社 （杭州市天目山路 148 號 郵政編碼 310007） （網址：http://www.zjupress.com)
排　　版	杭州尚文盛致文化策劃有限公司
印　　刷	杭州宏雅印刷有限公司
開　　本	850mm×1168mm 1/32
印　　張	128.75
字　　數	1098 千
印　　數	2601—3400
版 印 次	2017 年 6 月第 1 版 2025 年 4 月第 5 次印刷
書　　號	ISBN 978-7-308-17002-4
定　　價	600.00 元（全十二册）